KB021251

구르는 잠

구르는 잠

문동만 시집

반걸음

나는 시가 되기 힘들었다. 나는 나에게 감동할 것이 희소
했으므로 핏줄이나 사회적 혈연들에게서 그리움이나 한탄이
나 웃음을 구했다. 가만히 두는 아름다움을 동경하며 부대
끼는 자연과 사람들의 이마를 어루만지고 싶었다. 살아온
대로, 쓴 대로 살다가 가는 것도 쉽진 않다는 걸 알아가고
있다. 나는 품는다. 비약보다는 이어가는 날들을. 줄 때는
정말 좋은 것을 줘야 하는데, 아끼는 마른 것들을 주어야 하
는데 시들이 이끼처럼 젖어 있다. 나는 장난기 많은 사람이
었는데 진지하고 엄숙한 세계로 편입되고 말았다. 시는 본래
이런 영역이려니 우기고도 싶다. 그러나 언제나 가벼운 날들
을 열망하리라. 9년 만에 시집을 엮는다. 좋아하고 연민했
던 사람 몇몇이 먼저 스며든 서쪽에서 시를 고쳐 쓰곤 했다.
거긴 날마다 석양이 꽃처럼 피는 곳, 피는 것 속에서 지는 것
을 먼저 보는 병을 그냥 삶이라, 시라 받아들이고 싶다.

차례

3부

4부

1부

구르는 잠

아이들은 던진다
돌도 공도 아닌 나뭇잎을
욕도 악다구니도 아닌 나뭇잎을

나는 싸움 구경을 하느라 집에 가지도 못하고
건너편 은행나무에 기대어 물끄러미
바스락거리는 잎과 속닥거리는 입 사이에
누워본다

사는 내내 노란 비명만 터지면 좋겠군
맞을수록 웃음만 나오는 싸움이라면
아무도 아프지 않은 나뭇잎 싸움이나 하고 살면
구르는 잠이나 실컷 자고 살았으면

또 노랗게 달뜬 것들 속에서
누렇게 아픈 것들도 찾아본다

부스럭거리는 기침과

등창이 생긴 등허리를
확 뒤집어줄 바람이 어디서 오는지

그것과 그것이 함께 뒤집어진다
참외배꼽을 가진 아이들도 나도 함께
뒤집어진다
순간 중력도 없이

아무것도 떨어지지 않는다

부라더미싱

늙은 부부가 한 몸으로 사는 일을
바짓단 줄이는 일을 구경하였다
서로 퉁바리도 주며 손을 모아 사이좋게
내 다리를 줄여주는 일을

여자는 실밥을 풀고 남자는 박으며
풀며 박으며 이으며 다리며 가는
황혼의 동사를 구경하였다

등 뒤에 카세트를 틀어놓고
배경음악의 주연으로서 늙어가는 일을

저이의 한때가 등뼈 마디마디에
음각과 양각으로서
살 없는 활로서
시위를 버티는 삶의 탄성을
늘 등을 굽히는 노동을
제 몸을 표적으로 박는 노동을

저이들의 솔기를 다시 뜯어
다시 옷을 짓는다면
어떤 누에가 되어 푸른 실을 쏟을까

부라더미싱,
부부가 형제가 되도록
늙는 일이여
달팽이처럼 느려터진 밥벌이여

삼천 원 받는 바짓단 줄이기가
이십 분 만에 끝났다

공손히 줄어든 몸을 받았다

펭귄들의 방

소년이 된 아들에게 줄 방이 없었다
네가 방이 없으므로 나도 방이 없었다
가난하진 않은데 방은 없었다
방이 없어서 시리지 않았던 날들을
무엇이고 꿈꾸기에 좋았던 날들을
아이들은 납득하지 않을 것이었다
어떤 날은 내 허벅지를 베고 아내의 목을 베고
어떤 날은 세 마리 인형을 베개 위에 뉘어
식구를 여럿 늘러놓곤 잠꼬대를 해대기도 하였다
어떤 신음을 낼 수도 없었다
선잠이 깨면 냉장고를 열어 없는 술을 찾거나
계란을 부쳐 먹다 빈 벽을 바라보기도 하였다
내 방이 없다는 건 괴로운 게 아니라
누구든 안고 살아야 한다는 실감을
멀고도 먼 남극을 생각하게도 하였다
황제펭귄들이 칼바람이 불어오는 쪽으로
번갈아 자리를 바꿔가며 몸을 맞대는 밤을
집은 언제나 집구석의 속지였으나

빈 벽에 넓은 지도를 그려내게 한

바람이 오는 쪽으로 돌아눕게도 한

그 무엇들이 시라 하여도

웃음이나 싸움이라 하여도

아, 그래도 방이 없다

죄 없이 붉은

족구를 하는 일은
아주 인간적인 일,
네트를 침범하지 않고
주름진 이마와 기름 먹은 안전화로
공을 넘기는 일,
어스름에 쌓인 녹슨 폐구 틈에서
사라진 공을 찾는 붉은 눈들이여
환호와 유쾌한 탄식
생이 더는 소금이 나오지 않는 염전이 될 때까지
족구를 하며 늙어가는 일,
갯 냄새보다 화공약품 냄새가 더 깊은 공단에서
제 살을 물려줘도 입질하는 망둥이처럼
근근이 제 살을 뜯어 먹고 사는 일
생활은 차버릴 수 없는 무서운 공이어서
기름 묻은 공이라도 차봐야 한다
개펄 공장 위에 차려진 식판 밥을 먹고
커피 내기 족구 한 판
공이 달처럼 차오른다

쇠공을 들이받고는

늙은 이마가 죄 없이 붉은

시화

웃는 종이

벽지가 마르며 다 떨어졌다
딸아이의 방만큼은 울지 않게 해주려고
우는 종이를 꾹꾹 눌러주며 종일 애써 붙였는데
아침에 일어나 보니 분홍색 종이 이불을
덮고 있었다

마르며 울며 떨어지는 벽지를 보며
식구들은 일제히 웃기 시작했다
우는 종이가 웃는 종이가 되어버렸다

웃음이라는 낙법이,
비상보다는 낙법이 우리의 사상이었나

실수하지 않으려고,
덜 서운한 사람이 되려고,
실패로나 웃긴 사람이 되려고,

사는 것도 골계미가 될 수 있으려나

풀 먹어 잘 구겨지지 않는 벽지를 오래도록 접었다
종이배처럼 접혀지는 웃는 종이

거슬러온 샛강은 멀리 있었지만
젖었으나 해체되지 않는
불굴의
웃는 종이

유모차는 일몰 속에서

늘그막에 다시 자식을 낳아
젖을 먹이는 체위였습니다

주름진 가슴팍에 매달려
젖 한 모금 먹더니만
당신을 끙끙 끌고 가는 건
바퀴 달린 자식들이었습니다

바퀴도 노구도 서로에게 갸륵하게

땅과 가장 가까운 키일 때쯤
뼈들이 가장 가벼울 때쯤
다시 젖이 돌았습니다

걷어 먹일 골판지와 빈 병 몇 개를 담아
반인반륜으로 합체되어
골목 저편으로 사라지는 일몰이란
아직 살아보지 못한 곤혹한 절경이어서

마침내 삶은 제 노구만으로도 과적임을
생각하며 나는 한 여자를 생각하고
한 여자를 줍고
한 여자를 태우고

그리고 마른 젖을 물었습니다

계란을 삶는 밤

허기도 없는데 계란을 삶는다
누구라도 불러 함께 먹으려고 삶는 것 같은데
같이 먹겠다는 사람이 없다
할 수만 있다면
할 수 있는 날까지
허기의 근원을 까보리라던
쌍란 같던 치기가 무르익어간다
익어가는 것들은 날개를 낳지 못한다
나는 안에서 나를 깨뜨릴 자신이 없어서
누가 까주기를 기다리는 포즈로 살고 있다
내 것을 잘 찾아 먹다가 가끔은 뭉그러진
남의 부리를 쳐다보기도 하는 포즈로 살고 있다
피할 길 없는 부리질이
그래서 생활을 주는 부리질이
당위도 비굴도 아닌 내 부리질이
망해지지 않으므로
나는 계란이나 삶아보는 참이다
참 퍽퍽한 생의 노른자들

가끔만 부드러운 흰자들

이 계란을 어디에

······투척할 것인가

꽃을 사보자

술값은 아깝지 않은데 꽃 사는 돈은 아까운
체제에,
이 장마에 나는 부역하고 있다

시집은 치워지고 서점은 망해가고
술집은 번성하고 망하기를 반복하고
꽃집은 시드는 이 도시에게
시든 꽃들의 밤에 나는 동조하고 있다

어쩌나, 이렇게 비는 내리고 꽃도 술도 그리운데
꽃 들고 너에게 가야 하는데

이럴 땐 술 먹고 꽃을 사랴
꽃 들고 술을 마시랴

꽃에서는 소주 같은 시가 피고
취한 시의 대궁에선 꽃이 필까

오늘 밤은 긴 비에 시름겨운

시름겨운 꽃을 사보자

눈에 바친다

눈에 밟힌다는 말을 처음 쓴 사람은
눈에 손발이 달린 사람이거나
망막이 통점痛點인 시인이었을 것이다

아무 하중도 없는 눈빛에 천만 근의
무게를 달아놓고
눈빛이 심장처럼 뛴다고
더듬었던 눈이,
밟힌 눈이 아프다 하였으니

두 눈이 만나지도 못하면서
늘 한곳을 보는 것은
한 눈의 외로움보다는
한 눈의 나태를
지켜봐야 하기 때문이다

모든 아픔을 눈이 읽는다
모든 희열을 눈이 말한다

모든 숨이 두 눈꺼풀로 끝난다

제 눈에 제 눈물을
다 바치고서야
눈은 제 눈을
돌아보지 않는다

복숭아

당신은 꼭 겨울에만 복숭아를 찾았다
나는 복숭아를 구할 방법을 찾지 못했고
간신히 남들이 먹다 버린
눈밭에 잠긴 복숭아씨 하나를 찾아
서북풍이 몰아치는 담장 밑에 묻어주었는데
남의 똥이 더 많은 재래식 변소에서
삭힌 거름을 내어 돋워주었는데

언젠가 꽃 피고 단내도 풍길 때가 있데
적당한 풍족이 차라리 그때만 못할 때가 있데
썩은 과육이 다디단 과육을 썩혀 들어올 때가

그러니 나는 그때의 눈길을 헤매던
땀 섞인 달뜬 눈빛과
통조림을 사던 쓸쓸함이
배 속에서 차대던 아이의 발가락 같은
순수한 시의 재촉임을 알게 되었고

도원桃園이란,

내가 두 여자를 업고 벅차게 걷던

미끄러운

눈길이었음을

물이라는 바늘
—작당 포구에서

잔물결이었지만 밤새 뒤척이는 부기였다
물에도 바늘이 있는지 잠을 재우지 않았다
고요도 돌기가 되어 등에 박혔다

이 얼마나 곤경한 문자인가
무르팍을 덮는 개펄 위에서
기역 자로 꺾여 바지락을 캐는
제 몸이 호미가 되는 호미질이란

나오자고 왔는데 발이 빠져들고 있었다
나도 기역이 되고 당신도
뒤집어진 니은이 되어가고 있었다

어떤 풍경은 오래 있고 싶은 감옥이었다

당산나무 나이만큼 배들은 파선하고
누군가는 돌아오지 않았다
탄화된 나뭇조각으로 발굴되었다

〉

새들은 알 없는 생을 견뎌 다시 집을 짓고
검은 고양이는 또 새알을 훔쳐 새끼를 치고

작당하자고 왔는데 허물어지는 것만 먼저 보였다
다만 당신들은 물의 때를 기다리며
바늘에 실을 다정히 들여 그물을 기웠다
누군가 작은 목선에 느긋한 시동을 걸고 있었다

첫사랑

그녀는 돌을 깼고 나는 던졌다 종로1가에서
연무는 자욱했고 쫓아오는 발자국 소리에
아직 잡은 적 없는 그 손을 찾아 안간힘으로
눈을 치켜뜨고 달렸다
털어도 털어도 가시지 않는 시절의 냄새를 품고
전철을 타면 모두들 눈을 부볐다
사람들은 공평히 눈물을 흘려줬다
이십 년 뒤 나는 그녀에게 돌 같은 말을 먼저 던졌고
그 돌보다 큰 돌이 건너편에서 날아왔다
나로 인해 그녀도 단련되어 있었다
어떤 전략도 없는 단발적인 항거에
나는 바꾸고 싶은 핸드폰만 벽에 던졌다
이럴 땐 보도블록을 깨던 그녀를 생각하면 좋다
석공처럼 돌을 깨던 아담한 저녁의 여인,
그것만 기억하면 좋다
마침내 그 손을 잡은 위대한 역사를 기억하면
가끔 자폭하는 통신망이 있으면 좋다
권태로운 선로를 끊고 나는 맛없는 술을 마시며

그녀는 이불을 뒤집어쓰고
곰곰이 아무 말 없이 각자 던진 돌을 생각하며
옛 사람과 통하는 것도 좋다

녹의 중심

묵은 누유漏油를 흘리며 고되게 굴러가고 있었다
뻐걱거리는 관절에 오일을 주고
녹슨 피부에 로션을 발라주었다
거미도 없는 거미줄을 떼어주었다
쇠의 푸르고 차가운 속살
나는 쇠의 속살을 본 자,
산다는 게 이딴 걸레질이었다
콧구멍에 검디검은 먼지였다
먼지 한 점이 세상의 기원이자
우리의 생몰지였다
당신은 평범하게 녹슬며
선연하던 죄나 부식시키자고 한다
단단한 지반을 품고 버릴 수 없는 서사를
코일처럼 감고서,
발화를 기다리자고 한다
이렇게 닦아봐야 안다
닦아봐야 동력의 중심을 알게 된다
묵직한 전기가 통하자 저릿저릿한 구동을 일으킨다

낡은 것들이 더 세련된 기계음을 내며 척척척
불경한 운율이다 괴로운 운율이다
지치지도 않았던 운율이다
내 몸으로 옮겨진 당신을
경건하고 외롭게 닦는다
검은 때를 밀며
숫눈의 세계도 생각한다

박쥐

박쥐도 그랬을 것이다

희디흰 얼굴로
어둠의 생계를 꾸렸을 것이다

사선死線이 된 평면에 발톱을 찍고
수직의 밥을 먹었을 것이다

끝까지 검어지지 않는 얼굴로
바닥을 천장이라 부르며
천장을 바닥이라 부르며

거꾸로 매달린 어둠을
한낮이라고 할 것이다

풍선

초여름 아침 눈뜨니
간혹 부지런도 떠는 아내는 비눗방울을 불고
아이는 터뜨리며 까르르 웃어댄다
시장통 기름집에서 참깨를 볶는지 창으로 고소한 냄새
가 들이친다

방바닥이 꺼진 흰구름빌라에도
구름이 내려놓고 가는 시간이 있었다
내 고요를 위해 불러주던 자장가는 밭고랑 사이 낮은
음표로 누었지만
우리는 재우지 않아도 지쳐 잠들던 핏줄이었을 것이다
엄마의 머리칼에서 나던 싼 파마약 냄새와 불내가 자장
가였을 것이다
쌀독을 열며 내쉬던 한숨과 아, 저물녘 취로사업장에서
가져온
눌려 터진 카스텔라 냄새

풍선은 바람이 빠지는 게 제 일이었고

풍선이 부풀어 오르게 숨을 부는 것이 나의 일이라 한
다면
저 풍선 속에 들어갈 비누 향 나는 자장가를 지을 수 있
을까
전부도 일부도 될 수 없는 식구라는 풍선을 언제까지
터지지 않게 불 수 있을까

털이 세는 밤에 대하여

우연히 아는 사내를 만났다

야근을 마치고 귀가하는 나보다 두어 살 많은 소방관

칠월의 타는 햇살 아래 그의 눈썹은

무엇에든 달관한 노인의 눈썹처럼

몇 가닥 허옇게 세어 뻗쳐 있었다

그는 보여줄 순 없지만 아래의 털들도

허옇게 세어가고 있다고 웃었다

우리가 털에 대한 이야기로 날밤을 샌다면

흰 털들이 몇 가닥 일어나 울어버릴 것만 같았다

웃어버릴 것만 같았다

하얀 밤이란 털이 세는 밤인지도 모를 일이었다

사내는 늙은 태를 나에게 남기고 주름진 집으로 돌아갔다

아무래도 밤낮을 바꿔 사는 사람들의

눈꺼풀에겐 다른 이름이 있을 것 같았다

아무도 교대해주지 않는 시간

무너지지 말아야 할 스물네 시간을 더듬다 보면

자잘한 저 눈주름이란 지친 원심력들의 외상

저 눈썹이란 처마 아래서

까만 눈동자들이 열렸고

쉼 없이 생육의 시간을 물어 바쳤으니

우리는 저렇게 늙어만, 늘어만 간다

싱싱했던 검정을 잃고 흰빛의 외로움을 얻으며

털들만 분연히 제 생에 항거한다

변검 變臉

깡마른 사내는 병색이 짙어보였다
어떤 음식 냄새도 없는 소주 냄새를 풍기며
은근히 다가와 기계에 대해 아는 체를 한다
소심한 어투로 분해 직전일 것 같은 이력을
소음처럼 주절거린다
먼지 낀 땀은 눈알을 시리게 긁는데
그때가 눈이 가장 잘 보일 때
그가 제 생애를 다 말하기 전에 그의 파편을 알 것 같다
그는 마술같이 오래 살지 못할 것이다
그의 아내는 보리차를 내왔다
연이어 그들의 아들로 보이는 말쑥한 청년이
싱긋 웃으며 아이스바도 먹으란다
이름도 아맛나였다, 나는 아맛나! 입꼬리로 웃으며
찬 것을 따뜻하게 먹는 폭염주의보의 여름밤
차차 땀이 가셨고 일도 실마리가 보이는 듯했다
잠깐 궁상스러웠던 내 아버지도 보았고
다시 어떤 의연하고 친절한 얼굴들이 나타나
아버지의 피폐한 얼굴을 바꾸는 것도 보았다

조금씩 살이 붙고 술 냄새가 가시는 아버지
밭은 숨을 그치고 씩씩하게 계단을
뛰어 내려가는 아버지
땀은 끝끝내 가면이 될 수 있으랴
지금보다 훨씬 궁핍한 몰골로 당신에게 말을
걸고 싶을 때가 올 것이다
그리스가 마른 베어링처럼
제 뼈가 제 고관절을 깎아 먹은
땀조차 나지 않을 늙은 몸 하나 걸어와
외롭게 말을 걸어볼 때가

2부

소금 속에 눕히며

억울한 원혼은 소금 속에 묻는다 하였습니다
소금이 그들의 신이라 하였습니다

차가운 손들은 유능할 수 없었고
차가운 손들은 뜨거운 손들을 구할 수 없었고
아직도 물귀신처럼 배를 끌어 내립니다
이윤이 신이 된 세상, 흑막은 겹겹입니다
차라리 기도를 버립니다
분노가 나의 신전입니다
침몰의 비명과 침묵이 나의 경전입니다

아이 둘은 서로에게 매듭이 되어 승천했습니다
정부가 삭은 새끼줄이나 꼬고 있을 때
새끼줄 업자들에게 죽음을 청부하고 있을 때
죽음은 숫자가 되어 증식했습니다
그대들은 눈물의 시조가 되었고
우리는 눈물의 자손이 되어버렸습니다

일곱 살 오빠가 여섯 살 누이에게
구명조끼를 벗어 줄 때
남학생들은 여학생들을 먼저 보내고
아가미도 없이 숨을 마칠 때
아이들보다 겨우 여덟 살 많은 선생님이
물속 교실에 남아 마지막 출석을 부를 때
죽어서야 부부가 된 애인들은 입맞춤도 없이

아, 차라리 우리가 물고기였더라면
이 바다를 다 마셔버리고 살아 있는 당신들만 뱉어내는
거대한 물고기였더라면

침몰입니까? 아니 습격입니다 습격입니다!
 우리들의 고요를, 생의 마지막까지 번지던 천진한 웃
음을
 이윤의 주구들이
 분별심 없는 관료들과 전문성 없는 전문가들이
 구조할 수 없는 구조대가

선장과 선원과 또 천상에 사는 어떤 선장과
선원들로부터의…… 습격입니다

누구도 깨주지 않던 유리창 위에 씁니다
아수라의 객실 바닥에 쓰고 씁니다
골절된 손가락으로 짓이겨진 손톱으로
아가미 없는 목구멍으로
오늘의 분통과 심장의 폭동을
죽여서 죽었다고 씁니다

그대들 당도하지 못한 4월의 귀착지
거긴 꽃과 나비가 있는 곳
심해보다 짠 인간과 인간의 눈물이 없는 곳
거악의 썩은 그물들이 걸리지 않는 곳
말갛게 씻은 네 얼굴과 네 얼굴과
엄마아 아빠아 누나아 동생아 선생니임 부르면
부르면 다 있는 곳

소금 속에 눕히며

눕혀도 눕혀도 일어나는 그대들

내 새끼 아닌 내 새끼들

피눈물로 만든 내 새끼들

눕히며 품으며 입 맞추며

손톱

염을 하는데 아이들 손톱이 빠져 있다 했다
꽃물 들일 손톱도 없이 보낸 아비에게는
며칠을 물살에 잠겨서도 살빛이 산 것 같아서
온몸을 주무르던 아이가 있다 했다

함께 울음이라도 울어줄 정부라도 있다면
울음행정부 울음기획처 울음대책본부가 있는 나라
울음주머니가 두툼하게 달린 대통령의
울음보라도 만지며 기대어 울기라도 하는 나라라도 있
다면

없었으므로 아무리 찾아봐도
손톱만큼도 보이지 않았으므로

눈에 가득 손톱을 넣고 산다 했다

눈을 부비면 눈꺼풀을 뚫고 새 움이 튼 손톱들
눈썹같이 자라는 손톱들

짠물이 깎아주는 손톱들
푸른 물든 아기 손톱들

젖은 얼굴

분숫가의 아이들 옷이,
웃음이 젖는다
옷을 말려줄 식구들이 곁에 있으므로
마음껏 젖는다

사진으로 웃는 아이들도
같이 놀고 있다

나는 우는 편에서 놀다 가고 싶었지
웃는 편에서 놀다 가고 싶었지
아! 아이들은
어떤 편도 아닌 아이들이었지

나는 그냥 자책 없이 술이나 마시다
돌아가고 싶었지
물을 뿌려주며 물기를 말려주며
물가로 돌아가 살고 싶었지

장례를 빨리 치르라는 포고가
연일 뿌려지고 있었다
겨울이면 분수도 숨을 멎고
물방울도 칼날로 맺힐 때가 있었다

천막 안 사람들은 칼잠으로 누웠으나
장군의 칼집 속에서 칼은 끝내 나오지 않았다
성벽을 핥는 불길을 기다렸으나
지루함이란 공포가 찾아오고 있었다

오, 당신만 살고 있는 세상이 더 지루하지 않았어요?

사월이 오월에게

오월이라 쓰고 도망가지 못하던 마음이라 읽었어요
사월이라 쓰고 도망가려야 출구조차 없던 밀물이라 읽었어요
겹겹이 포개어진 사월과 오월 사이
사람들도 그렇게 포개어져갔어요
고통은 왜 부록이 되지 않고
이 세계는 왜 낱장이 아닌가요
넘겨도 넘겨도 물에 피에 엉겨 넘겨지지 않았어요
다음 세계를 보여주지도 않았어요
오늘의 세계를 덮어버렸어요
핏물 떨어지는 두꺼운 책이 되었어요
오직 고통만이 정본이 되었어요
왜 당신들은 살아지지 않는 불멸의 슬픔인가요
편백나무 책장에 더 이상 꽂을 시편이 없어요
오월이라 쓰고 사월이라 읽었어요
사월이라 쓰고 오월이라 울었어요

독을 놀다

돌고래 떼가
배가 부풀어 오른 놀란 복어 한 마리를
갖고 놀고 있다
돌고래들이 입에서 입으로 복어를 물고 노는 동안

그렇잖아도 웃는 얼굴이 웃음기를 더 늘려갔다
몸이 배배 꼬여갔다
딱 어리둥절할 만큼의 꽃 같은 신경독을 먹었기 때문
양귀비에 앉았던 나비만큼 기분 좋게 중독되었기 때문

웃음기 많은 돌고래는 알고 있었다

독을 어떻게 품고 갖고 놀 것인가
그러다 언제 놓아주어야 할 것인가
놀이가 잠잠해지자 부풀었던 복어가
바람을 빼고 달아났다
누구도 치사량을 넘지 않았고
처벌되지 않았다

>

아무도 죽이지 않기 위하여
아무도 죽지 않기 위하여
쾌락이라는 최선!
독이라는 최후!

먼저 죽은 X명처럼

　여긴 싸가지 없는 백혈구가 착한 피들을 잡아먹는 일 따윈 없어요. 방독면을 쓰고 납 도금을 한다든지 장갑을 두 겹으로 껴도 손바닥에 화공약품이 박히는 그런 일도 없고 방사선 기계에 노출될 위험은 더더욱, 여긴 라스베이거스 같은 곳이니까. 박지연 씨 라스베이거스 가보셨어요? 〈만국가전박람회〉요. 거기 가면 고명한 두 딸의 손을 다정히 잡고 가는 그 양반을 볼 수 있어요, 진짜 가족들이죠. 외동아들은 뒤에서 약간 새침하게 긴장한 듯 쫓고요. (당신이 막내딸이라 해도 잘 어울렸을 텐데) '정직한 사회'를 꿈꾸신다는 꼬장꼬장한 발걸음을 호흡곤란 어지러움 구토 하혈 이런 고통 없이 그냥 뒤쫓아보기만 하면 되는데. 자 눈을 감아봐요. 당신도 아빠 손을 잡고 간당간당하게 설레게 달짝지근하게 물오른 밭둑의 삐비를 뽑아봤잖아요. 그러니까 박지연 씨는 2010년 3월 21일 스물셋으로 여기로 오셨네, 쑥 빠진 대머리에 몸무게 30kg으로 가볍게 오셨네, 몸을 덜어 오면 우리 일이 좀 적어지긴 하지. 당신은 '또 하나의 가족'에 포함되지 못했소. 먼저 죽은 X명처럼. 당신은 내부의 가족에도 또 하나

의 가족에도 포함되지 않았다는 걸 알고 태어나셨어야 해
요. 입사는 그다음의 일이었으니까. 인간은 운명을 모르
고 태어나는 존재들이라 그게 속을 썩이지. 왜 일찌감치
와서 아프지 않은 얼굴로 웃는 거예요. 우는 거예요. 이제
사 바싹 마른 뼈 위에 막 살도 오르네. 봄이라, 당신에겐
억울하겠지만 봄이라, 당신 머리칼도 산달래처럼 몇 가닥
오르네. 아무튼 아프지도 않고 숨소리도 없는 박지연 씨.
당신처럼 쌉사름하고 아랑아랑 현기증이 날 땐 못 가본
라스베이거스만 생각해요. 그러고 보니 악수도 못 했네.
잠시 억울한 명부록은 접고, 자! 손이라도 한번.

* 원제목은 '먼지 죽은 여덟 명처럼'이었다. 모 반도체 회사에서 직업병으로 사망
  하거나 치명적인 병을 앓는 사람들의 숫자는 부정확했고 몇 배씩 늘어갔다.

24시간

24시간 당신은 이른 새벽 연기처럼 흘러나와 식당에서 뚝배기를 씻는다

24시간 세제가 아닌 흰 피가 일렁이는 거품을 내어 뽀득뽀득 뼈가 갈리도록

24시간 밥그릇 국그릇을 씻지만 치욕적인 기름기는 씻겨 나가지 않는다

24시간 아마도 당신도 나도 유령이었을 게요 형체 없이 밥을 먹고 밥을 벌잖아

24시간 우리가 죽어도 24시간 해장국은 끓고 24시간 김밥나라는 김밥을 말고

24시간 편의점의 아이들은 라면 냄새에 혼몽일 거야

24시간 싸우는 사람들은 그나마 목격되고 그저 살고 있어서 살아갈 뿐인 사람들은

24시간 내내 불처럼 살아도 뜨겁지 않고 물처럼 살아도 흘러가지 않아

24시간 끓여보면 알게 돼, 붉었던 피가 잿빛 두부가 되는 시간을

24시간 어떤 잠 없는 자들이 선잠을 죽이며 관음하는

시간인가

　24시간 숙면에 빠진 이 세계에

　24시간 펄펄 끓은 뼈다귓국 국물 같은

　24시간을 던져주고 빠져나올 수 있다면!

新창세기 대한문 편

—당신의 매혹적인 눈이 나루한 밥그릇에게
밥을 담지 않고 눈을 부라리게 되는 것,
오늘날 불경스러움!의 심화된 논법

사람을 뽑고 꽃을 심으니 보시기에 좋았다

새벽에 힘센 하인들을 보내 초막을 거두고

광야로 그들을 쫓아내니 보시기에 좋았다

불쾌한 것이 불경한 것임을 알게 하라

불편한 것이 불법인 것임을 알게 하라

다시는 저들에게 단 한 평의 공유 지면도 주지 말라

다시는 저들에게 어떤 일도 어떤 밥도

어떤 토막잠도 주지 말라 어떤 언약도 지키지 말라

나무보다 깊은 뿌리를 가진 그들을 뽑고

한때를 살, 꽃을 심으니 보시기에 좋았다

황사 먼지 속으로 쫓겨가는 무리들을 보며

보시기에 좋았다 그들만 좋았다

그리고 그리 말씀하셨다

들이지 말라 다시는, 천국을 지옥처럼 그려내는 자들을

들이지 말라 다시는, 현실을 불의라 선동하는 자들을

잠시간 동산은 고요하였다

비루한 분노와 아우성이 사라져 좋았다

버릇없이 펄럭이는 깃발이 사라져 좋았다

자, 보아라 짐승은 불의를 먹지 않는다

어떤 코뚜레에도 순종하나니, 얼마나 선하냐

저기 어둠을 함께 먹어 없애겠다는 망상의 무리가 있다

그러니 알게 하라

이것이 얼마나 허기진 식량인지

아무리 먹어도 배를 채우지 못하리라

이 동산의 고고함을, 이 체제의 완고함을,

법치에 꽃물을 들여 더 세련되게 목가적으로 은유화

하라

사람을 뽑고 꽃을 심으니 보시기에 좋았다

오직 그분만 좋았다

쌍문역에서

두 문이 있었다는 것이다
입구에서는 험악한 사내들이 쇠몽둥이를 갈겼고
마침내 김 선생은 출구 쪽으로 누운 채 걸어오셨다

불신만큼 깊은 종교가 없었다
죄는 끝끝내 교환가치가 없었다
교환할 수 없음에 절망할 때까지

흔히들 보았다
고문기술자나 깡패 두목이
경전을 가슴에 품고
스스로가 스스로를 용서했다는
포교자가 되었다는
그래서 죄인들이 오래 사는 이 지상천국을

…… 불신하는 종교는 창종되지 않았다!

담배를 피우며 뼈마디를 분지르고

성기에 전선을 감으며
가족들의 밥때를 걱정하고
새끼들의 성적을 걱정하던
평범한 가장이더란 말이지
그러며 또 전기 스위치를 올리더란 말이지

죄는 회개되지 않고 다만 회피되었다
압은 높은데 퓨즈는 터지지 않았다

아무도 쌍문역雙門驛을 통과하지 못했다

숭어

　물의 표층을 헤엄치는 일은 위험하다. 숭어의 등짝을 후린 미늘은 숭어로부터 물을 떼어놓는다. 사내는 여섯 마리의 대짜 숭어를 잡아놓고 바닷물에 배를 갈랐다, 팬티차림으로, 검게 탄 허벅지와 종아리가 종마처럼 빛났다. 핏기를 뺀 숭어의 살은 창백한 흰빛, 내장과 대가리는 무덤도 없이 둥둥 떠다닌다. 사내는 아이스박스 가득 숭어의 사체를 쟁여 넣는다. 비린 칼을 바닷물에 씻으며 입을 실룩거리며 묻는다. 한점 먹어보겠냐고? 나를 동족으로 생각해주는 것이다. 그러나 나는 숭어의 편일 수는 없지만 어떤 가망 없는 중립에 대해 생각하고 있었다. 고양이처럼 입맛을 다시던 혀를 회의하고 있었다. 표층의 세계가 얼마나 위험한지를 생각하고 있었다.

강화에 와서

들깻대를 베었다 베어지는 것들의 향이 깊었다
고구마 밭의 가지런함에 무릎 꿇어 뿌리의 안부를 묻
는다
주워 갈 사람도 없는 산밤의 입을 벌려 깔깔한 말도 들
어본다

꼬부랑 아낙은 ―어여 집에 갑시다, 꼬부랑 남자는 ―
한 고랑만 더 죽이고 가세,
죽인다는 말도 생긋하게 숨을 쉰다
높지도 낮지도 그러나 다 알아듣는 말과 말 사이, 고랑
과 고랑 사이,
다정한 간격을 손뼘으로 재본다

나는 더 깊이 저문 숲으로 들어가 몇 기의 무덤을 지나고
노란 조밭 속에 숨은 장끼의 고요를 훔친다
산밤이나 상수리나 으름 같은 것 훔친 것은 아니어서
떳떳한 식량들의 유구함을 생각한다

언제가 그런 식량만 지고 돌아올 것이다

고양이가 흰 배를 볕에 맡긴 채 낮잠을 자는 집

냄비에 산밤을 쪄서 방을 빌려준 주인댁 문을 두드린다

많이 아픈 사람이 오래 누웠다가 잠시 방을 비웠다는

피안에 눕는다

귀룽나무에게

우리는 가까워져서, 미워졌던 날들이 많았는데, 좋아하는 것들은 덜 보고 살거나, 다 모르는 게 아름답기도 했는데, 차창으로 스쳐가는 당신, 당신은 여자나무일 거예요 여인이 아니고는 삼월에 가장 먼저 와서 연두로 불을 지른 채, 불러내진 않았을 거예요

이름도 모른 채 여러 해 스쳤는데, 모르니까 더 많은 작명을 하게 돼요 설렘을 잃은 날들을 일렁이게 해요 피는 것 속에서 지는 것을 먼저 보는 병을 그냥 삶이게 해요 가장 열심히 산 날이 더 많이 타락한 날일지도 모른다고, 추궁하게 해요

당신이 좋은 것은 위장색이 없기 때문, 내 몸엔 초록이 턱없이 적군요 좋아하는 것은 아무 생각 없이 오래도록 빙빙 돌게만 하지요 이런 삼월이 몇 번이나 돌아와서 당신의 짙푸른 혈관을 언제 다 돌 수 있을지

내가 당신의 그늘을 떠나 돌아오지 않아도

뿌리 걷은 다리를 옮겨 짙푸른

차양을 칠 것 같은

당신

상강 무렵

　교각을 처마로 둔 바람 뚫린 집 낯선 사내 하나 큰일을
치르듯 골판지로 바람벽을 세우고 있었다 사람의 거처라
고 하기엔 낮고 짐승의 집이라고 하기엔 깊은데 밤바람은
살짝 손이 곱고 천변의 물풀들도 마른 살을 오그리며 살
비듬을 터는데 순간 그 바람벽 안에서 낮고 시린 옹알이
소리가 한둘이 아닌 것이다 집이 없으므로 집을 생각했을
사내는 남의 새끼들 시린 등짝에 궁극의 거처를 마련해주
고는 마른 손바닥을 탈탈 털었다 여린 솜털들이 잠깐 별
빛에 반짝이다 흩어졌다 사내는 끝까지 얼굴을 보여주지
않은 채 등짝으로만 집을 짓고는 어떤 세간이 들어 있는지
모를 때 전 바랑을 멨다 천변을 따라 북쪽으로 그믐 쪽으
로 식솔도 마중 나오지 않을 겨울 쪽으로 사라져갔다

투망을 던지며

어떤 병은 속에 숨기고 아껴 고치고 싶지 않을 때가 있다
그럴 때 투망을 던진다

오늘은 난파한 배와 편대로 유영하는 로봇물고기와
유령처럼 사라진 녹슨 잠수정이 잡혔다

갖은 비웃음으로 새어 나가는 비밀이
다급할수록 그물 속에서 파닥거리는 날렵한 거짓말들이
순식간에 그물 속에 가득 찼다

여기는 믿지 못하는 걸 믿지 못한다고 말하지 못하는
병동이며
믿음의 강요는 사교邪敎의 영원한 형식이며

이 그물을 또 어디에 던질까
구럭은 벌써 무거운데

깨지지 않던 신묘한 불빛들과

어떤 내상도 외상도 없는

가여운 젊은 사체들은 녹슨 배를 떠나지 못했으므로

누군가는, 혹은 누구나 알고 있었으리라

물리학을 죽였지만 언론학을 포섭했지만

남았다, 메스를 든 해부학이

부릅뜬 심해어들의 눈동자가

향긋한 숨

살아 있음은 공기의 힘이지만
그 공기를 들이마시지 못한
당신들도 생각났지만

어땠을까요?
우리가 오만 년 전 진흙 속에 묻힌
카우리 소나무였더라면

오만 년 뒤에 발굴되어
백 명이 앉아도 자리가 남는
거대한 탁자가 되었더라면

우리는 다리이거나 상판이 되어도 상관없겠죠
둥둥 떠다녀도 침몰하지 않겠죠
밀폐가 숨……이었다며
향긋한 숨을 내쉬며…… 말하기도
했겠죠

어서 여기
들어와요
선연한 나이테 속으로

그냥 함께
붙어 있어요
무늬와 무늬로
숨과 숨으로
아무것도 아닌 아무것으로

오지 않는 저녁이 없는 것처럼

천년을 살 것처럼 고속도로를
전속력으로 달리고 있을 때
내가 처음으로 죽인 꿩이 떠올랐다
포란하다 다 품지 못하고 간 까투리였는지
하필 날개 달린 짐승이었을까
어떤 길도 무단횡단하는
보릿짚 타는 냄새가
돌아오지 않는 인기척 같기도
내가 처음으로 친 꿩 같기도 해서
차창을 열어 연기를 들였다
잠깐 눈 감으면 죽는 속도 속에서
이 냄새라도 오래 살려두고 싶었다
어떤 연기는 서러워서 맡고 싶지 않았고
어떤 겨울 저녁은 돌아가고 싶지 않았다
보릿짚 타는 냄새만큼은 보내지 않겠다고
차창을 굳게 닫았으나
오지 않는 저녁이 없는 것처럼
가지 않는 당신도 없었다

곁에 누워본다

달빛이 곤히 잠든
엄마 등을 적실 때
그냥 엄마하고 부르고
싶을 때가 있다
부르지는 못하고
그냥 곁에 누워본다
곁에 가만히 누워 곁에
혼자 자고 있는
강아지를 바라보다
너에게도 엄마가 있었구나
또 자리를 옮겨
그 곁에 누워본다

3부

소년기

새벽꿈에 깨어
어린이로서 소년으로서 울었다
어른이 되어서도
자라지 않는 아이 하나를 안고 자다가
흘러간 겨울 저녁 연기 같은 것이
먹다 내려놓은 숟가락 같은 것이
돌아오지 않는 사람 하나가
되돌아와 건드리면
말미잘처럼
땅강아지처럼
작고 서러워졌다

발을 주어야 한다

부은 발을 버들치에게 먹여본 적 있었습니다
발가락을 젖처럼 빨아대었습니다
어쩌면 똑같이 늦되도록 부은 젖을 물었다는
핏줄들, 어디 살든
죽어도 살아도 같은 발가락이었습니다

여름 그늘에 앉아 발의 각질을 떼어
개미들의 점심으로 준 적이 있었습니다
저보다 큰 짐을 지고 벽을 도망치듯 넘어갔습니다

등짐 한 짐을 제대로 못 지고
오래전 고꾸라진 당신이 생각났습니다

돌이켜보니 발만 커 있었습니다
발가락은 휘어졌고
습균은 번식했습니다
그 힘으로

발이 입들을 먹여 키웠습니다
발 없는 말들은 허기졌습니다

나도 누군가에게 발을 주어야만 합니다

농담하는 무덤
—모란에서

아이들의 놀이터일 때
무덤은 가장 절정이다
아이들은 숙고하지 않고 무덤에 옷을 덮어놓고
깔깔댄다

무덤을 모자처럼 집어 썼다가
벗어놓고 경쾌하게
돌아간다,
돌아가지 않는 사람들과 함께

가능하다면 묻히지 않고
아이들과 오래도록 놀아주는 일도 좋겠지만,

아이들 옷에 붙은 칙칙한 무덤을
털어주는 일이 더 좋으리라
엄숙을 주머니에 넣고 초록빛 바람을 놓아두면
더 좋으리라

농담이 섞인 무덤이면
농담을 즐기는 무덤이라면
아이들이 맨날 구르고 놀다가
마침내 평장平葬이어서
모란이 놀라지 않고 웃으며 떨어지리라

별들의 이빨

별을 보며 이를 닦는다
별은 밝아서 닦아줄 게 없고
그믐달은 흐려서 이가 보이지 않는다
개울을 보며 이빨을 닦는다
물살은 갈대의 푸른 이빨을 닦아주고 있다
갈대는 돌멩이의 잔등을 닦아주고 있다
아내는 강아지의 이를 치카치카
입소리를 내며 닦아주고 있다
아이들은 이를 닦지 않고도 잠을 잘 자고 있다
나는 사람은 이, 동물은 이빨,
사람은 머리, 생선은 대가리,가 맞다는
말도 좀 이빨 빠진 말 같다고
생각하며 이빨을 닦고 있다
무당개구리는 큰물에 쓸려 갔나
아기개구리들이 이를 닦지 않겠다고
엄마개구리들이 칫솔을 들고 귓불을 잡을 때
왁자하던 웃음소리가
오늘은 들리지 않는다

사월

강아지가 무심히 바라보는 창밖에
사철 목련이 살구꽃이 지지 않는
사월 같은 천국이라도 있을 것만 같네
잠깐 나도 흰자위 보이지 않는
동공 속에 살고 싶어지네
구름이나 바람, 연애 같은 것
부질없는 것들의 꼬리나 잡으며

강아지의 한 시간은 나의 여섯 시간
죄 없는 것들의 생이 더 짧아서
종種을 교환해주거나 바꿔 살아도 되는 게
천국이라면 좋겠는데
목숨을 목숨으로 바꿔주는 세상이라면
좋겠는데

우리는 쓸 만한 날들도
폐허로 만드는 재주를 가졌으니까
차이의 최대치를 종교처럼 재버릇하고 있으니까

다시 태어나지 않는 것도 좋겠지만
개로 태어나 팔자 좋은 개새끼란 소리나
실컷 들으며 낮잠이나
오래 자고 싶기도 하네

밥그릇을 핥으며
다음의 끼나나 죄 없이 기다리며
간절히 기다리던 누구라도 핥으며

허나 나는 혈통이 좋지 않아서
절실히 핥는 법을 못 배웠으므로

핥고 싶을수록
핥다가 혀가 닳아지는 것들만
유심히 바라보는 병이
낫질 않아서
동공도 맑지 않네

어떤 언약에 부쳐

사람은
사랑 때문에 살고
사랑은
사람으로서 살게
합니다

뿔

뿔이 가렵다

다리가 저리다

우두머리도 아닌데

늘 정수리에 힘을 주고 먼 산을 경계하던 버릇

파격도 탈주도 없는 테두리에서

언제나 세우는 것도 무너뜨리는 것도

뿔이었다

고요해질까

무리를 떠나면

쫓기지 않는 시간은 어떻게 생겼을까

누가 초침을 붙들고 있을까

홀로 강가로 가면

더 깊고 너른 은유의 파문이 번지는지

너울대는 윤슬에게 마음을 맡겨도 되는지

뒤쫓아오는 사냥꾼이 없어 경계하는 괴로움이 없는 곳

힘센 뒷발을 가진 짐승들로 태어났으나

먼저 차대지 않는 평화지대 같은 곳

그저 나 홀로 고요하고 당신도 고요하여

따숩게 소란한 곳

언젠가 가책 없이 내 뿔을 뽑을 곳

거북이

아이는 수험장, 나는 휴게실에 앉아 커피를 마시는데
늙수그레한 청소부가 쓰레기통을 뒤진다

저이가 아이가 말한 쉬지 못하는 시시포스로리라
나는 잠깐 쉬는 시시포스로군
좀 팔자 좋은 거북이거나,
고독하게 쓰레기를, 쓰레기나, 치우는
똑똑한 인간들이 쓰는 거북이
깡통을 엎자 잔류물이 목장갑을 적시는데
그 손등으로 콧등을 닦는 거북이

지식과 고상이 버린 퀴퀴한 쓰레기를 등에 지고
끙, 하고 일어서는 거북이
어지간한 모멸로는 깨지지 않는 등짝과
뒤집어지면 돌아가지 못하는 뱃가죽을
앞뒤로 지고

가장 느린 발로 기어가야 할

타는 모래밭으로
가는
거북이

말뚝

썰물이 빠져나간 말뚝 위에 물새 한 마리 앉았다

언제나 그 자리에 박혀 있는데
보였다가, 보이지 않았다가 하는
이것이 넓은 영토인지
비좁은 영토인지

밀물의 애무는 썰물 때 허무로 남는다
좋지 않은 것을 좋다고 말하는 사람들이
결국 좋은 것을 잡아가게 된다

한 예술가가 수하처럼 따라오는
한 무리의 사람들과 함께
와자하게 사진을 찍는다

누구나 그 곁에 최대한 가까이 서려고 한다
최대한 크게들 웃으려 한다

향기가 사라진다
말뚝이 보이지 않아서

앉을 곳이 없어진다
새가 사라진다

미루나무 살풍경

성냥개비로 귓구멍을 파며 나는 미루나무를 생각하지
눈을 감을수록 속성하는 나이테
말을 참을수록 번성하는 이파리
그런 나무들의 용한 내력을 알아보라고
귀 밝은 나무들의 독자들이 귀띔하는 통에
나는 잠시 내 뿌리를 걷으며 새 뿌리에 접붙이는 일도
생각해보았고,
하루 종일 서 있는 길고 지루한 미루나무를
긴 흔들림을 그립고 애틋하게 그려내는
목가풍의 서정을 궁리해보기도 하였지
어디선가 또 이런 말도 들었다
크고 헐거운 나무일수록 단명하고
성냥공장으로 이쑤시개로 팔려가더라는
속성한 나무들의 비사를 들을 때마다 나는
삐딱하고 결연하게 버티는 나무가 어딨는가
새알을 품고 흔들리는 마딘 나무가
생전 만져보지도 기록되지도 못한 단단한 나무가 어딨
는가

미루나무 잎사귀로 귓구멍을 파며
그 흐뭇한 나무만 생각하곤 하였지

가시

우리의 뼛속에
살 속에 있다
비관에도 박혀 있고 풍족에도 박혀 있다
습한 날은 머리칼을 건드리고
환한 날에는 심장을 더 찌르며
더 뾰족해진다
둔감한 대지에 질문하기 위해
세계엔 희망의 수분이
생활의 면적이 충분한가
그 말이 귀찮은 사람들이 분질러 던져도
가시 하나로 살아난다
땅은 얼어붙고 백년초 가시 같은 사람들이
잘려 버려지는 밤
나는 안녕한 가시방석에 앉아 있다
가시를 뽑아내도 또 다른 가시가
의자를 뚫고 찔러대었다
바늘에 찔린 살 틈으로 몰래 본다
누군가의 잠자리를

또 가시 새끼를 낳아야 하는
오르가슴도 없는 정사들을
딱 찔린 만큼이었다
내 고통의 표면적은

옷을 달이다

아내와 딸이 옷을 다리는데
옷 냄새가 좋은 밤이다

어떤 숨이든 살릴 것 같은
탕약 같은 마른 공기
습해진 마음이 잠깐 펴지는 초파일 밤

연등처럼 많은 옷들이 걸려 있을 것이다
축축한 바닷물이 떨어지고
미역 줄기도 묻어 있을 것이다

마음도
옷도
불길 속에서는 젖고
물속에서는 타버린다

그래서 다 버리지 못하고
몇 벌 옷을 다려놓으려는 것이다

무모한 탕약같이
옷을 달여보는 것이다

너는 너의 상주가 되어

어떤 자세로 죽을 것인가 고심한 사람 같았다
부목도 없이 절뚝이며 진눈깨비 속을 걷던 너는
새순 같던 혀를 말아 마지막 아침을 먹었다
누구도 쓰러진 너를 진맥하거나
푸르뎅뎅한 눈꺼풀을 열어보지 않았다
각각의 깊은 호리병 속으로 부리를 들이대느라
잠긴 눈을 놓치고 갔다

어떤 말을 하고 사라질까 고심한 사람 같았다
꼿꼿한 모가지를 가까스로 꺾어
제 가슴에 품어가던 역사를
자유보다는 궁상에 살아지는 날개를
높게도 길게도 날지 못하고
안으로만 쪼그라드는 날개들의 역사를

흉부와 허기진 바닥을 쪼아대던
뭉툭한 부리는 누진 깃털에 고이 잠들었다
삼월의 늦은 눈이 푸른 눈꺼풀을 덮었다

너는 너의 상주가 되어 너를 끝마치었다

미궁의 문

우리 집 정문 쪽은 병원 장례식장 후문입니다. 가끔 검은 소복을 입은 사람들이 수구문처럼 이 문을 드나드는데, 그 몰골이 도드라져 보이는 날이면 열이 나는 아이를 안고 발 동동 구르며 드나들던 시간이나 간이 신통치 않던 내게 문병을 왔다가 병도 없는 곳으로 가버린 핏줄들의 발자취도 떠올리곤 합니다. 치유도 병도, 생과 사도 문을 바꿔 드나들기 좋은 곳에 있어서 어쩌면 여기는 일주문 같은 곳인가 봅니다. 잠깐 걸어가면 작은 상가가 있는데 1층은 느티나무보신탕집입니다. 2층은 행복한동물병원입니다. 아이러니는 늘 서로를 버리지 않고 살고 있었습니다. 사람들은 어떻게든 동물을 즐거하며 살아가고 있으며 개는 아프면 인간에게 미안해하며 살아가고 있습니다. 입구와 출구는 하나의 구멍임이 분명했으나 영원히 교란된 미궁이기도 했습니다. 두 문 사이에서 곰곰이 생각해보면 내가 사람일 이유도 없었고 왜 내가 나인지도 헷갈릴 때가 있었습니다.

돌문에 쓰다

나만 알아주는 내 마음이 있다
꼭 가봐야 하는 길이 있고
꼭 만나야 하는 사람이 있다
보내주어야 하는 그리움이 있고
나만 알아서 아무에게도
나눠 주고 싶지 않은 슬픔도 있다
차디찬 돌문을 열면
제비꽃이 먼저 주저앉는 봄이 있고
꽃이 흰뼈처럼 아픈 날이 있다
보내긴 보냈는데 돌아와서도
또 거기로 되돌아가는 마음이 있다

담벼락

생각하네,
외사랑하던 연상의 여자를
착실한 형에게 소개시켜주고
주저앉아 들썩이던 젊은 날의 잔등을
제 그림자로 가려준 담벼락을

좋아하는 것들은 고백하기에 멀고
나는 소심했던 그림자
좋아했던 것들은 순식간에 반한 것들이 아니라
돌아와서도 보고 싶은 것들이었는데
담벼락은 깡통처럼 구겨진 나를 굽어보며
비밀을 지켜줬네

다시 살아도 그날처럼
순하게 흔들릴 수 있을까
몇 번이고 주저앉아야 할 날들은 생겨났고
생겨날 것이고 그럴 때마다 담벼락은

울었던 힘으로 여기까지 왔느냐고
등을 내주다 마른 이끼가 끼었는지

내 팽팽한 자책들을 견디느라
비스듬히 무너져 내렸는지

4부

동화童話 2

아이들이 졸래졸래 따라오고 있었다. 묵은 흙내가 나
던 빈방에 성경책을 내려놓고 수재의연품으로 나온 회색
바바리코트를 입었다. 아버지는 그날도 어디 나가신 듯
했고 엄마만 행길에 나와 소매 끝을 훔쳤다. 버짐이 피던
누이들은 찬 없는 점심밥을 먹고 있었겠지. 보잘것없던
회관집이라 불리던 우리 집, 허물어뜨리고 싶었던 그 집.
회관집 점방에 남아 있던 막대사탕을 그러모아 아이들 손
에 쥐어주었다. 얼굴에 큰 점이 있던 아이가 가장 걸렸다.
아이들은 영영 따라올 듯 몇 발자국 뒤에서 따라왔다. 뒤
돌아보면 우는 것도 웃는 것도 아닌 새까만 아이들을 따
라 돌아가고 싶었다. 교회당의 앰프 소리가 들리지 않을
때까지 걸어가서야 군내 버스를 탔다. 차창엔 놓고 가야
할 것들이 수없이 매달려 떨어지지 않았다. 눈물이 많던
엄마와 많이 혼내서 미안한 누이들, 다리를 저는 착한 목
사님과 어린 나를 선생님이라 부르던 아이들, 베니어합판
으로 만든 탁구대에서 깔깔대던 친구들, 손이 부끄러워
몰래 돈을 넣던 헌금통, 소소해서 아까웠던 것들을 놓고
가야 할 길에는 아는 이 누구도 보이지 않았다. 스무 살,

나는 기차 소리같이 그립고 서러운 것이 아니면 울지 않았으리라.

터널

　석탄을 실은 산업철도가 앞산을 뚫었다. 버스비를 아끼려 철길을 걸었다. 침목에 밴 아스팔트 냄새는 비렸고 도시락을 달그락거리며 아이들은 터널 속으로 들어갔다. 멀리서 봐도 가까이 봐도 검은 한 점이었다. 화물열차가 들이닥치면 석관 같은 참호에 몸을 붙였다. 혼자 그 터널 속을 가야 하는 날이면 큰 소리로 노래를 불렀다. 형이 산등성이에서 달빛에 봤다는 소복 입은 여자를 생각하며 심장이 쫄 때, 정말로 어떤 형체들이 홀로 반대편의 어둠 속에서 걸어오고 있었다. 그녀들이 내 노래를 들었을까 낯이 붉을 때, "노래 잘하네" 볼우물을 보이는 사귈 수 없는 누이도 있었다. 한 점의 흰빛이 어둠을 관통할수록 어둠도 줄어들었다. 터널이 무섭지 않게 되자 나는 철길 끝에 가서도 또 가야 한다는 세상 속으로 가야만 했다. 오직 내 메아리만이 떠는 심장을 지켜줄 때가 있다는 걸 생각하며 더 깊은 터널 속으로 갔다.

벽제의 순희

지상에서 뼈가 타는 동안 지하에선
설렁탕을 먹는다 아무도 슬프지 않은 이
없지만 아무도 숟가락 놓는 법 없이
순희가 차려주는 마지막 밥상을 먹는다
연초록 오월 숲으로 붉은 각혈꽃 대신 뿌렸다
영영 꽃같이는 못 살아봐서였을 것이다
영영 영등포역 두부공장 굴뚝 밑에서
며칠 밤 젖은 새로 뒤척이던 열여섯이어서였을 것이다
탄다, 신파조 가락이던 한생이
탄다, 비밀스런 한 대목 서사도 남김없이
열아홉에 두고 나온 아들도,
열아홉으로 남은 딸아이도
발로 걷어차버린 아버지도
이제는 다 타들어가는 전생
물로 태어나 불로 가는 이때만큼은
당신 이름 안고 가라고
누나라고는 안 불러지고 순희라고 불러본다
이팝꽃 떨구며 저편 숲으로 사라지는

새 한 마리를 순희라고 불러본다

장작

지게를 지고 아까시나무를 베어 와서는 자귀로 하얀 육
질을 갈랐다

아궁이 불길은 역풍으로 뱉어냈고 엄마의 머리칼에는
늘 불내가 배어 있었다

그 냄새를 좋아했다 그걸로 식구들 시린 등골을 건디며
정부미로 밥을 지었고

장마 때면 아궁이로 장판 밑으로 물이 스몄다 역한 노
래기를 창밖으로 집어 던졌다

메마른 장작으로 얻어터진 날도 있었다 자식들을 업은
적 없다는 아버지를

마지막으로 내 등에 업자 가벼운 장작 같았다 평생 이
불을 깔지 않고

냉골에만 드러눕던 아버지에게서 잘 마른 굴비 같은 옅
은 비린내가 풍겼다

아버지는 가까스로 등에 대고 앉아 등을 빌려준 내게
미안하다고 했다

나는, 아버지 다시는 냉골에 눕지 말아요 했다

너 가면 다시는 못 보겠구나……

126

마른 비늘을 떨구며 살짝 연 아가미였다

먼바다로 가는 물길은 몇 겹의 제방에 갇혀 열리지 않
았다

유언이란 그처럼 간단해서 캄캄한 소 울음으로

몇 정거장 건너야 들려오는 말이었다

냄새의 무늬
―냄새는 맡은 자가 발효시켜야 한다

매일 뼈의 나신을 만지는 여인이 있었다
입마개로 다 거르지 못하는 뼈 먼지
당연한 공기로 삼았다
몰려와 쌓이는 몸들을 쉬지 않고
빨았다 그녀 앞에서 어떤 생애든 공평하게
무취의 냄새로 마무리되었다

뜨거운 가루를 안아 손바닥에 건네는
그녀의 덤덤한 눈을 보았다
유리창 하나를 사이에 두고
현세도 연옥임을 실감시키는 그녀는
시인이었을 것이다
은거와 동거 사이에 참여하는,
살며 차가웠던 시간을 못 견디는

돌연 마스크를 벗고 말 없던 그녀가 물었다
그런데 당신은 누구인가?

보내야 하는 것도 사람이었고

보내지지 않는 것도 사람이라고 묻는 당신은

차갑게 식지 않는 숨결을 안은 당신은

건너지 마라

시간이 되돌려진다면 용산역 전자상가 뒤편 경사진 횡
단보도로 갈 것이다

거기서 길을 건너려는 낯익은 여자의 손을 잡고 길을 건
너지 말자고 할 것이다

마트에서 방금 산 방울토마토와 감색 티셔츠와 캔커피
와 생수병이 든

검은 봉지를 내려놓고 딱 일 초만 늦게 건너거나 빨리
건너자고 할 것이다

아예 건너지 말고 예전에 함께 먹던 손짜장이나 곱빼기
로 먹자고 할 것이다

술도 배워보라고 남자도 많이 사귀어보라고 할 것이다

집세가 어려우면 비좁은 집일망정 우리 집에 살자고 할
것이다

너는 웃으며 내 말에 다 끄덕이면서도 환장하게도 웃으
며 끄덕이면서도

그냥 내 손을 뿌리치며 길을 건널 것이다

건너지 마라 건너지 마라 목이 메었으나 터지지 않았을
것이다

내달려오는 바퀴를 막아섰으나 흉몽처럼 몸이 움직이지 않았을 것이다

너는 막아서는 내 몸을 뚫고 퍽 쓰러졌을 것이다

고요하고 느긋한 사람들이 분별없는 속도에 먼저 치였을 것이다

천사도 악귀도 옆에 있지 않았다 나는 모든 신들을 불렀으나

영문도 모르는 귀 어둔 어머니가 막차를 타고 오고 있었을 것이다

빈방

남긴 말이 없었으므로

빈방에 찍힌 죄 없는 지문들을 더듬었다

단정한 사물들이 유통기한이 많이 남은 우유곽이

어제까지의 숨이었는데

나는 늪의 세입자인 양 방바닥에 주저앉았다

밥 먹었느냐는 인사말을 좋아했던

순한 목소리만 굵은 먼지처럼 흘러 다녔다

부동산 주인은 문을 닫아주었다

이 짐을 어디론가 부쳐야 하는데

천국도 연옥도 주소가 없었다

월세만 내다 갔으니 그 세상은 융단 깔린 방이 많을 것

이다

흔한 불행의 서사는 출판사에서도 받아주지 않을 것이다

너를 말해줄 문장이 많은데도

너는 책 한 권이 되지 못했다

너를 보내려고 창을 열었다

너는 오래도록 머뭇거리다 우리가

가는 걸 보고서야 철길 쪽으로 빠져나갔다

엄마한테 가는 기차를 타야 한다며 웃으며 달려갔다

청량한 바람만이 너를 누일 것이다

인연의 무거움이야 실낱같다고

보일러 꺼진 방바닥에

물을 그어 쓴 편지를 읽었을 테지

삼월이었으니 제비꽃 피는 꽃길이었을 테지

너는 총량이 없는 저수조에 담겨 있었다

몇 년이고 졸졸 콸콸 쏟아져 나왔다

칫솔

통조림 속에서 살아나는 등 푸른 물고기를 본 적이 있다
반찬이었던 구근식물들이 접시를 뚫고 땅 밑으로
잔뿌리를 내리는 것을 본 적이 있다
노란 병설유치원 가방을 메고 달려와
일곱 살이 되도록 엄마 젖을 무는 아이를 본 적이 있다
달리다 넘어지더니 옷에 묻은 흙을 털어대며
풋내 나는 웃음을 뒤로 던지며
서리 내린 마늘밭을 가로질러
다른 세상으로 달려가는 아이를 본 적이 있다
모가 닳아졌으나
집을 떠나지 않는 칫솔을 입에 물고
밥을 먹고 이를 닦는 사람을 본 적이 있다

피뢰침

*

생면부지의 젊은 여자가 졸다가
머리칼을 내 어깨에 내렸다
살짝 노란 머리칼이었다
가만히 놓아두었다
머리칼은 참 가볍게
머리칼은 참 무겁게
정전기를 일으켰다
가망 없는 무게가
가장 무거웠다

*

딸아이에게 근자에 쓴
시 한 편을 보여주자
눈물을 글썽인다
눈 붉은 초식동물처럼

우리는 눈을 보여주지 않기 위하여

돌아서 등을 기댔다

우레도 없었는데

누전된 사람들이

흘러 들어왔다

그런 날들이 있었다

오직 포개어진 등골만이

피뢰침이 될 때가

가루

늙은 당신의 방바닥을 문질러본다

손바닥에 희누름한 분이 묻어난다

이불 먼지도 모래 먼지도 아닌 가루들

상처 난 살비듬들

사람도 꽃처럼 가루를 남기는지

다만 꽃분을 입에 물고 날아갈 나비가 없고

당신은 늘상 햇볕을 가리고

제 냄새를 가두어 증식해놓는 버릇이 있다

가루가 가루를 만나도 달라붙지 않고

먹을 만한 것으로 반죽되지 않는다

습기에도 미끌거리며 낮게 엎드려서

빗자루에도 쓸리지 않는다

마른 자궁에서 풍기는 비린내

당신은 늙어가는 인어처럼

머잖아 저녁처럼 스밀 소멸의 전언을 기다리며

늙은 방에서 가루를 빻는다

그저 무덤덤히 그 가루로 떡도 빚고

국수도 말고 이야기도 지어서

이것은 머잖아 다 가루가 될 가루들의 이야기라고
말하곤 한다

마늘

귀먹은 엄니 마늘을 까네
나랑은 놀아주지도 않고
내 말은 몰라라 하며
마늘만 까네
나는 에잇 마늘보다 못한 자식 하고
마늘 껍질같이 얇은
서러운 귀 한쪽을
마늘처럼 까서 창쪽에 두며
빗소리를 듣네
이 캄캄하고 아린 마늘 냄새가
아니던 그때의 비좁은 동굴 속에서
새끼 곰으로 뒹굴던 핏줄들을 생각하네
작은 몸들이 등을 대고 긁어주며
눕던 작은 방
마늘 냄새가 아니었던
엄니의 젖 냄새와 아버지의 담뱃진 냄새
누이들의 사탕 냄새……를
허물어진…… 점자처럼 읽네

사라지고 조금씩 사라지고

읽네……

마지막에 피워둔

향 같은 마늘 냄새를

대를 솎다

왕대와 신우대를 태우니 마디마디가 폭죽처럼 터졌다. 불내를 맡고 여럿 마실을 왔다. 우체국 다니는 후배는 부업처럼 서른 마지기 쌀농사를 짓는데 하나도 버겁지 않다고 너스레를 떨었고, 마흔 중반 넘어 베트남 처자를 들인 문중 형은 손바닥만 한 애들을 둘이나 키울 생각하면 다시는 장가 같은 건 갈 일이 아니더라 한다. 장가를 두세 번 간 것으로 기억되는 곱슬머리 동네 형은 할 수만 있다면 여러 번 가보는 게 장땡이라고 하자 모두의 목 안이 잉걸불처럼 환해진다. 어머니는 이태 만에 처음으로 웃는 얼굴을 보여주었다. 마당 커피를 함께 마시며 타닥타닥 날아가는 불티를 보며 이런 실없는 잡담과 정경이 퍽 오래전 일이라. 향그런 불내에 오래도록 배고 싶었는지 방 안에 들어와서도 자꾸 문을 열고 모닥불을 걱정하고 여러 번 들락거렸다. 어머니와 아내는 늙은 호박에 찹쌀가루를 개어 죽을 쑤고 아이들은 쉼 없이 재잘거리고 형은 뒤란에서 대나무를 솎아 계속 불 위에 올려놓았다. 불장난이 심했는지 그믐밤에 두 개의 혼불을 보고야 말았다.

김채수 약전

혀

암이 돋아난 혀를 잘라내고
가슴에서 파낸 살로 혀를 잇댔다
혀가 새조개 같다
가슴이 혀라는 것이고 혀가 가슴이라는 것인가
말을 가슴으로 하라는 것인가
발음이 옹알이 같다
기저귀를 차고 아기로 돌아갔다
혀는 붙여도 붙여도 떨어지고
가슴살은 패어 뼈를 보이고

냉장고에 떡

당신이 흔들리는 옛 서체로 남긴
마지막 필담은 '냉장고에 떡'이었다
문병객이 가져온 쑥떡을 갖다 먹으라는 것이다
그깟 떡이 뭐라고

마지막 상소를 적듯
가는 궁서체의 자서전을 마쳤다
형기는 닥쳐오는데
보리깜부기로 쓴 까끌한 서체가
시린 눈을 핥아대었다

자반고등어

향초에 쌓인 고등어가
울고 있는 우리를 웃으며 바라본다
아침에 퇴근하면 고등어를 구워 기다리던
피 한 방울 섞이지 않은 아버지가 있었다
고등어는 왜 아버지가 되었는가
넌지시 밥 먹는 식구들의
뒤태를 바라보길 좋아했던 등 시린 고등어
서천 꽃밭에는 달리 구울 생선도 없다는데
우리는 무엇을 구워
고등어를 기다릴 것인가

뼈도 없는 국수

살면서 잘한 일 하나는
엄마와 당숙모를 소읍에 데려가
자매처럼 뽀글뽀글한 파마를 해주고
중국집에서 우동을 사드린 일
달려드는 파리를 어린 날 당신들처럼 쫓아주며
잇몸으로 국수를 끊어 먹는
나이든 아가들의 연대기를 생각해보며

천식을 앓는 쇳소리가 먼 방까지 들려와
나는 새벽잠을 깨고
당신은 늑막에도 물이 차서
버려야 할 뜨물처럼 찰랑거립니다
늙으매 마땅한 약도 없다는데
새어 나오는 물이라도 막아보려고
나는 철물점에 들러 수도꼭지만 샀습니다

그러고는 느릅나무 껍질 같은 손을 잡고
또 다른 국숫집으로 들어가며

그 아득한 면발들을 이어봅니다
가늘고 외롭고 버겁고 저리고
허리가 끊어지는 국수를
어머니 같은 어머니를
낳지도 말기를 바라마지않는
뼈도 없는 국수를
마디마디 끊어 먹어야 하는
국수를

묵답에서

외침을 막는 성벽보다 더 절박하게 축성되었다
가지런한 앞니 같은 돌을 쌓아 물을 가두고
왕도 신하도 군사도 없는 수평의 논을 만들었다
그들의 공화정은 물이나 흙이었나
거머리를 떼어내던 종아리였나

보이지 않는다 흙발들이
팽팽한 못줄 앞에 나래비를 선 등들이

보인다 졸참나무 오리나무만 큰 벼인 양 자라서
다시 산으로 돌아가는 논들의 휘어진 행렬이
어떤 서러운 귀속들이

제 몸보다 무거운 큰 돌을 옮겨
아름다운 논을 만들어놓곤
자운영 녹비로 눕는 일같이
생은 아무것도 아니어서
부질없어서 잘 살아야 하느니라

파동친 몇 마디 위에

산새들이 살짝 낙관을 찍고 날아가는

묵답에서

써레질한 무논에서

내내 소금쟁이가 벌인 몇 점의 수묵 속에서

그 파문의 음각 속에서 나는 언뜻

일렬을 지어 무거운 돌을 지고 이고 품어 나르는

설인 같기도,

신령 같기도 한 그 사람들을 보았다

초록을 보내고

어쩌지 않아도 어찌어찌 옷을 다 벗으려 하는 절정이었습니다

무거운 초록을 내려놓고 사이의 부피를 늘리는 환대였습니다

이불을 덮을 수도 찰 수도 없는 미지근한 병을 얻었습니다

살기에는 좋았으나 그런 체온을 권할 순 없었습니다

작은 쪽거울을 창호지에 붙여놓고 주름이 늘어가는 눈빛들을 가둬두었습니다

외롭지 않게 살아가려는 자들을 버리고 어떻게든 외로움을 더 부추기고 싶었습니다

맨 마지막에 떨어지는 산밤의 가시로 마른 잉크를 찍었습니다

부스럭거리는 고요 말고는 아무도 들이지 않았습니다

그리움을 물리고도 찬물이 얼지 않았습니다

수직을 넘고 있는 수평의 시

신철규(시인)

13년 만에 두 번째 시집이 나오고 다시 10년 만에 그의 세 번째 시집이 나온다. 문동만의 시적 행보는 누구보다 더디지만 그 한 걸음의 무게는 묵직하다. 그의 두 번째 시집 『그네』(창비, 2009)에 실린 '시인의 말'에서 그는 다음과 같이 썼다. "인간이야말로 내게는 가장 역동적인 풍경이며 매혹이다. 지금 그 풍경은 깊은 골이 파이고 뼈마디가 시리다." 그가 바라본 2000년대 후반의 우리 사회의 풍경은 인간의 안락한 삶을 위한 진보와는 거리가 먼 것이었다. 여전히 인간의 노동은 불안하고 열악한 조건에서 효율과 편리를 추구하는 '수직'을 만들어내기 위해 자신의 몸을 혹사하고 있으며 자신과 그를 둘러싼 인간들의 불행했던 가난의 기억으로 고통받고 또 그러한 가난의 무게는 현재의 삶을 내리누르고 있다. 그는 인간의 등과 엉덩이에 집중한다. 그것들은 자신의 눈으로는 쉽게 닿을 수 없는 내밀한 공간이며 가장 감추고 싶은 "맨얼굴"(「등」)과 같은 신체 부위이기도 하다. 그것들은 노동과 생활의 힘겨움을 적나라하게 드러내 보이는 것이기는 하지만 그 속에 깃든 "아슬한 결빙"은 실핏줄처럼 살아 있음의 한 반증이 되며 "질긴 역동"의 힘으로 삶을 지탱하는 버팀목이 되기도 한다. (「살얼음」) 그의 시에 깃든 노동과 몸의 유비적 사고는 그 둘 사이의 떼려야 뗄 수 없는 밀접한 관련성을 가지고 있지만 그것은 고착된 것이 아니라 끊임없이 미세한 갈라짐을 동반하는 긴장을 형성한다. 힘겨운 노동과 해방의 의지, 무거운 몸과 연대를 통한 삶의 결속, 그 사이에서의 '흔들림'. 그리고 그 '흔들림' 속에서 피어나는 '사랑'의 열도는 타자를 받아들이는 폭과 깊이로 연결되기도 했던 것이다. (「그네」)

지난 10년 동안의 문동만의 시적 행보는 좀 더 생활에 안착하는 태도를 보인다. 아이들은 조금씩 성장해 자신의 방이 필요한 나이가 되었으며 추운 방에서도 서로의 온기로 한기를 견뎌냈던 "펭귄들의 방"은 어느덧 과거가 되었다. (「펭귄들의 방」) 그는 어느덧 "웃음이라는 낙법"(「웃는 종이」)을 체득할 만큼 유연해졌으며 아이들이 커간 만큼 왜소해진 자신의 자리를 서글픈 눈으로 바라보는 중년이 되었다. 그는 "쌍란 같던 치기가 무르익어"(「계란 삶는 밤」)가며 어디에도 몸을 던질 수 없는 막막함과 답답함을 느끼고 있지만, 아내와 딸을 동시에 업고 "벅차게" 걸어 올랐던 "미끄러운/ 눈길"을 지나 "적당한 풍족"(「복숭아」)이 주는 편안함을 거부하지도 못하는 부족하지도 넘치지도 않는 삶의 시기를 지나가고 있다. 하지만 이 시기는 그렇게 평온하지만은 않은데, 여전히 그는 '바닥과 천장이 역전된 세계'에서 "수직의 밥"(「박쥐」)을 먹고 노동의 힘겨움을 온몸으로 견뎌내고 있으며, "싱싱했던 검정을 잃고 흰빛의 외로움"을 조금씩 받아내면서 '식구'의 무게를 자신의 어깨와 두 발로 버텨내고 있다. 그리고 무엇보다 세월호 사건이라는 개인의 이해를 넘어서는 전대미문의 참사와 열악한 노동조건에 의해 희생당한 노동자들의 비극적인 죽음, "가늘고 외롭고 버겁고 저"(「뼈도 없는 국수」)린 가까운 사람들의 삶, 천국도 연옥도 아닌 곳으로 떠난 동생의 죽음이 그의 아슬아슬한 삶에 강한 흔적을 남기고 있다. 이러한 그의 삶의 내력과 시들이 교차하며 만들어낸 시적 진정성의 의미란 무엇인가.

좋은 삶과 올바른 삶의 조화를 추구하는 태도인 진정성眞正性, authenticity은 단순히 개인의 내면과 외면 사이의 일치를 추구하는 도덕적 가치로서의 신실성信實性, sincerity과는 그 기원과 구조 면에서 일정한 차이를 보인다.[1] 신실성이 외부적 규범을 내면화하는 전근대적 가치 개념이라면 진정성은 이러한 즉자적인 상태에서 벗어나 개인의 주체적인 반성과 결정을 더 중요시하는 근대적 가치 개념이라고 할 수 있다. 우리에게도 한때 '진정성의 윤리'가 있었다. 시대의 부조리와 모순에 맞서 자신의 목숨을 바쳐가면서 투쟁한 사람들, 지배 권력의 공고화를 위해 무고하게 희생당한 사람들에 대한 죄책감과 생존에 대한 부끄러움은 우리 사회의 '마음의 레짐regime'이 되기도 했다. 이러한 죄책감과 부끄러움은 단지 자기 비난으로 그치지 않고 역사적 또는 공적 지평으로의 참여로 이어지기도 했다. "진정성을 추구하는 주체는 윤리적 성찰과 도덕적 압력의 이중 동력에 의해, 성찰적인 동시에 참여적인 주체로서 형성된다."(34쪽) 자기 염결성을 지향하는 주체는 공적 지평에 적극적으로 참여하고 불의에 타협하지 않은 완강한 자세를 견지한다. 하지만 다른 한편으로는 윤리적 성찰과 도덕의 압력 간의 모순을 받아들이지 못하는 주체의 염결성 때문에 아예 참여와는 무관한 자기 성찰적인 자세로 일관하기도 하고, 내적 자기 성찰이나 공적 참여 사이에 약간의 모순이나 도덕적 흠결이 드러나면 그것에 대해 급격하게 냉소적 자세를 취하기도 했다. 진정성이 하나의 이데

---

1) 신실성과 진정성의 차이에 대해 최초로 개념 정의를 시도한 사람은 라이어닐 트릴링(Lionel Trilling)이다. 그에 따르면, 외부의 도덕적 규범을 내면화하여 그것을 자신의 욕망으로 체화하는 것이 신실성이라면, 진정성은 공동체에 의해 주어진 역할 모델과 자신의 욕망 사이의 불일치를 발견하고 그것을 주체적으로 극복하는 과정에서 발생하는 '불행한 의식'에서 발원하는 것이다. 이에 대한 논의는 김홍중, 「진정성의 기원과 구조」, 『마음의 사회학』(문학동네, 2009)을 참조했다. 이하에서 김홍중의 논의를 참조할 때는 쪽수만 밝히기로 한다.

올로기가 됨으로써 오히려 또 다른 도덕적 규범 또는 억압적 체계를 만들어내기도 했으며 그것이 현실에서는 불가능한 허구에 지나지 않는다는 비판을 받기도 했다.[2] 하지만 그렇다고 해서 상실된 화합을 복구하려는 시도 자체가 무의미한 것으로 치부되어서는 안 된다. 나날의 노동에서 오는 힘겨움을 삶의 건강성으로 되돌리려는 사람들이 여전히 우리 주위에는 무수히 많이 존재하고 있다는 것 또한 사실이기 때문이다.

이러한 진정성을 시의 차원으로 가져온다면, 시적 진정성의 요건은 무엇인가. 그러한 시적 추구를 내용과 형식의 측면으로 나누어봄으로써 좀 더 명확하게 다가올 것이다. 내용의 차원에서는 세계의 부조리와 타협하지 않으려는 비판과 저항의 정신, 인간성의 회복에 대한 믿음과 감성의 깊이, 형식의 차원에서는 삶과 시 사이의 간극을 최소화하는 진솔하고도 신빙성 있는 화자, 대상에 대한 밀착과 객관적 거리의 균형에 의한 재현의 충실성, 이를 바탕으로 한 언어의 폭과 깊이를 최대한 확장하는 감각적이고 구체적인 형상화라고 할 수 있다. 한 편의 시가 이 두 가지를 아우를 때 우리는 시적 진정성을 획득했다고 말할 수 있을 것이다.

---

2) 이에 대해서는 앤드루 포터(Andrew Porter), 『진정성이라는 거짓말』(마티, 2016) 참조.

늙은 부부가 한 몸으로 사는 일을

바짓단 줄이는 일을 구경하였다

서로 퉁바리도 주며 손을 모아 사이좋게

내 다리를 줄여주는 일을

(…)

저이의 한때가 등뼈 마디마디에

음각과 양각으로서

살 없는 활로서

시위를 버티는 삶의 탄성을

늘 등을 굽히는 노동을

제 몸을 표적으로 박는 노동을

(…)

삼천 원 받는 바짓단 줄이기가

이십 분 만에 끝났다

공손히 줄어든 몸을 받았다

―「부라더미싱」 부분

이 시는 시적 화자가 바짓단을 줄이기 위해 수선집에 들러서 본 "늙은 부부"의 노동 현장을 목격한 경험을 담고 있다. "바짓단을 줄이는 일"은 어찌 보면 대수롭지 않은 일이지만 그것은 "늙은 부부"의 노동의 어울림 없이는 불가능한 위대한 사건이 되고 있다. 그 노동은 몸의 기계적 반응이 아니라 오랜 시간에 의해 축적된 노력의 결실이며 "시위를 버티는 삶의 탄성"이라는 긴장의 연속이라 할 수 있다. "풀며 박으며 이으며 다리며 가는" 노동의 공정은 "황혼의 동사"로 비유되고 오랜 숙련노동에서 풀려나온 삶 그 자체가 된다. 시적 화자는 "삶의 탄성"과 자신의 몸을 바친 "노동"이 어울려 만들어낸 한 편의 시를 보는 듯한 착란을 마주한다. "줄어든 몸"은 물론 시적 화자의 줄어든 바짓단을 뜻하는 것이겠지만, 그것을 넘어 자신의 삶을 노동에 바친 "늙은 부부"의 몸에 대한 경외심과 함께 저 소박한 노동의 위대함을 별것 아닌 것으로 치부하려고 했던 자신에 대한 반성을 담고 있는 겸허함이 담겨 있는 객관적 상관물이라고 할 수 있다. 여기서 "공손히"라는 부사는 "줄어든 몸"을 받는 시적 화자의 태도를 가리키는 동시에 몸의 '줄어듦'의 과정을 묘사하는 것이기 때문이다. 부부의 이야기를 담고 있는 또 다른 시를 보자.

그녀는 돌을 깼고 나는 던졌다 종로1가에서
연무는 자욱했고 쫓아오는 발자국 소리에

아직 잡은 적 없는 그 손을 찾아 안간힘으로

눈을 치켜뜨고 달렸다

털어도 털어도 가시지 않는 시절의 냄새를 품고

전철을 타면 모두들 눈을 부볐다

사람들은 공평히 눈물을 흘려줬다

이십 년 뒤 나는 그녀에게 돌 같은 말을 먼저 던졌고

그 돌보다 큰 돌이 건너편에서 날아왔다

나로 인해 그녀도 단련되어 있었다

어떤 전략도 없는 단발적인 항거에

나는 바꾸고 싶은 핸드폰만 벽에 던졌다

이럴 땐 보도블록을 깨던 그녀를 생각하면 좋다

석공처럼 돌을 깨던 아담한 저녁의 여인,

그것만 기억하면 좋다

마침내 그 손을 잡은 위대한 역사를 기억하면

가끔 자폭하는 통신망이 있으면 좋다

권태로운 선로를 끊고 나는 맛없는 술을 마시며

그녀는 이불을 뒤집어쓰고

곰곰이 아무 말 없이 각자 던진 돌을 생각하며

옛 사람과 통하는 것도 좋다

—「첫사랑」 전문

현재의 악다구니 같은 부부싸움과 지난 시절의 투쟁의 현장에서 두 사람의 아련한 '첫사랑'의 떨리는 순간이 이 시에는 중첩되어 있다. 자욱한 연무 속에서 시대의 부조리에 항거하기 위해 가두 투쟁에 나섰던 두 사람은 진압 병력에 의해 쫓기는 긴박한 상황에서 처음으로 손을 잡는다. "털어도 털어도 가시지 않는 시절의 냄새" 속에 "사람들은 공평히 눈물을 흘린다". 저항에 참여한 사람과 그렇지 않은 사람의 구별은 매캐한 최루탄 냄새가 가시지 않는 지하철 속에서 사라진다. 하지만 노동 탄압과 시민의 자유를 구속하는 독재 체제에 맞섰던 청춘의 열기는 가시고, 구체적인 악과 싸우던 두 사람은 한 가정을 이루고 20년이 지난 뒤에 서로에게 "돌 같은 말"을 던진다. 하나의 이념과 정념으로 뭉쳤던 그들은 또 다른 모순의 상황에 놓이게 된 것이다. 무겁게 내러누르는 생활의 압력에서 비롯된 지난한 감정싸움에서 화자인 '나'는 모진 말을 쏟아내고 아내는 그것을 다시 모진 말로 맞받아친다. 분노가 솟구쳤던 화자인 '나'는 애꿎은 휴대전화만 벽에 던져 박살을 낸다. 어떤 명분도 소득도 없는 싸움의 끝에서 '나'는 역사를 올바른 길을 되돌리기 위해 함께 힘을 모았던 과거의 '그녀'를 떠올린다. 그리고 처음 손을 잡았던 "위대한 역사"를 기억한다. 힘겨움 속에서도 서로를 간절히 원했던 그때의 '역사歷史/役事'가 있었기에 지금의 두 사람이 가능했음을 깨닫게 되는 것이다. 그것은 사소하지만 '위대한' 역사였고, 사소하기 때문에 더욱 간절한 역사였던 때문이다. 모진 말이 오가는 "자폭하는 통신망" 속에서 순수하고 뜨거웠던 "옛 사람"—'나'와 '그녀'를 동시에 가리킨다—을 떠올림으로써 화해의 가능성을 마련하는 것이다.

이 두 편의 시를 통해 우리는 문동만 시의 화자가 동일성의 시학에 갇혀 있지 않은 개방성과 대자적 인식을 통한 공적 지평으로의 확장을 쉬지 않고 꾀하고 있음을 알게 된다. 그는 서정적 화자의 권위를 통해 타자를 억압하지 않고 타자에게 온전한 자리를 내어주고자 한다. 이는 주체가 대상을 객관적으로 파악하지 못하게 하는 무수한 인식과 감각의 맹점들을 스스로 걷어내기 위해 노력하는 겸허한 자세가 있었기에 가능한 것이다. 모순을 그 자체로서 바라보고 손쉬운 화해에 도달하지 않는 것, 그리고 자신의 감각을 최대한 열어놓음으로써 하나의 '피뢰침'이 되는 것, 그것이 문동만 시의 지향점이라고 할 수 있다.

우레도 없었는데
누전된 사람들이
흘러 들어왔다
그런 날들이 있었다
오직 포개어진 등골만이
피뢰침이 될 때가

—「피뢰침」 부분

버스나 전철에서 옆자리에 앉은 타인의 머리칼이 자신의 몸과 부딪쳐 "정전기"를 만들어낸다. 그 머리칼의 "가망 없는 무게"는 딸아이와 맞댄 등의 무게로 이어진다. "눈 붉은 초식동물처럼/ 우리는 눈을 보여주지 않기 위하여/ 돌아서 등을 기댔다". 즉각적인 이해에는 도달하지 못하더라도 생활의 피로와 슬픔의 무게를 동시에 나눠 지고 싶다는 깊은 공감과 연대는 두 사람을 하나의 '피뢰침'으로 묶어준다. 이 시집에서 자신의 삶을 온전하게 누리지 못하고 끊임없이 소진되는 "누전된 사람들"의 목록은 다채롭다. 그와 피로 묶인 가족들에서부터 제대로 된 휴식을 취하지도 못하고 "근근이 제 살을 뜯어 먹고 사는"(「죄 없이 붉은」) 노동자, 유모차를 끌고 골판지와 빈 병을 모으는 '반인반륜'의 가난한 노인(「유모차는 일몰 속에서」), "밤낮을 바꿔 사는" 눈썹이 하얗게 센 소방관, 사람들이 버린 쓰레기를 묵묵하게 치우는 "타는 모래밭으로" "가장 느린 발로 기어"가는 청소부(「거북이」) 등 가장 어둡고 소외된 곳에서 이 세계를 유지해나가는 사람들에게 시선을 건넨다. 아니 그들이 그의 눈에 밟힌다. 그는 "망막이 통점痛點인 시인"(「눈에 바친다」)이기 때문이다. 그의 눈은 "곤혹한 절경"(「유모차는 일몰 속에서」) 또는 "감옥"(「물이라는 비늘」)과 같은 풍경에서 삶의 고통을 읽어내는 동시에 그 삶의 내력을 충실히 받아 적는다.

이 시집에서 통점이 된 눈이, 눈이 된 통점에 가장 아프게

밝히는 것은 세월호 사건의 희생자와 아까운 나이에 절명한
누이동생이다. 먼저, 「소금 속에 눕히며」를 읽는다.

억울한 원혼은 소금 속에 묻는다 하였습니다
소금이 그들의 신이라 하였습니다

차가운 손들은 유능할 수 없었고
차가운 손들은 뜨거운 손들을 구할 수 없었고
아직도 물귀신처럼 배를 끌어 내립니다
이윤이 신이 된 세상, 흑막은 겹겹입니다
차라리 기도를 버립니다
분노가 나의 신전입니다
침몰의 비명과 침묵이 나의 경전입니다

아이 둘은 서로에게 매듭이 되어 승천했습니다
정부가 삭은 새끼줄이나 꼬고 있을 때
새끼줄 업자들에게 죽음을 청부하고 있을 때
죽음은 숫자가 되어 증식했습니다
그대들은 눈물의 시조가 되었고
우리는 눈물의 자손이 되어버렸습니다

(…)

침몰입니까? 아니 습격입니다 습격입니다!

우리들의 고요를, 생의 마지막까지 번지던 천진한 웃음을

이윤의 주구들이

분별심 없는 관료들과 전문성 없는 전문가들이

구조할 수 없는 구조대가

선장과 선원과 또 천상에 사는 어떤 선장과

선원들로부터의…… 습격입니다

(…)

소금 속에 눕히며

눕혀도 눕혀도 일어나는 그대들

내 새끼 아닌 내 새끼들

피눈물로 만든 내 새끼들

눕히며 품으며 입 맞추며

—「소금 속에 눕히며」 부분

이 시에서 '소금'은 "억울한 원혼"을 달래기 위해 죽음/주검을 부패로부터 막는 애도의 방부제이며, 그 잔혹한 현장을 영원히 기억하려는 의지이며, 사라지지 않는 현재진행형의 모순을 기록하고 그것에 저항하려는 피맺힌 절규라고 할

수 있다. 자본의 이윤에 대한 탐욕과 최소한의 인간성을 돌보지 않는, 피가 돌지 않는 손인 "차가운 손"은 위기에 처한 시민들을 구하는 데 힘을 쓰는 것이 아니라 진실을 가리고 가라앉히기에 급급했다. 진실을 가리려는 불의가 이 세계를 뒤덮었다. 편파적인 언론, 무능력과 무대책을 가리고 호도하려는 정부의 강압적인 행태, 진정한 애도마저도 깎아내리려는 후안무치함은 그들의 비인간성을 가리려는 이기적인 의도에서 비롯된 것이었다. "침몰의 비명과 침묵" 속에서 우리는 "분노"할 수밖에 없었다. 돌이킬 수 없는 재앙 앞에서 희생자들이 보여준 타인에 대한 배려와 무한한 희생정신은 물 바깥의 우리에게 묵직하고 날카로운 바늘이 되어 죽어 있던 우리의 의식과 감각을 뼈아프게 되살리는 계기가 되었다. 무능하고도 무책임한 국가는 그 선량한 사람들을 구하려고 하기보다는 오히려 진실의 목소리가 새어 나오는 것을 차단하는 데 급급했다. 그것은 '사고'가 아니라 '타살'이었으며, 한 꺼번에 많은 사람을 죽음 속으로 몰아넣은 '학살'이었다. 국가는 물 아래 가라앉은 사람들뿐만 아니라 물 바깥의 우리를 절망과 분노의 나락으로 몰아넣었다. 죽어서도 죽지 못하는 삶, 살아서도 살아 있지 않은 삶. 희생자들뿐만 아니라 생존자들까지 최소한의 안전을 보장받지 못하고 국가에 의해 관리되는 '벌거벗은 생명'이 되고 만 것이다. 살아남은 자들이 흘리는 눈물의 결정체인 '소금' 속에 누운 희생자들은 영면에 들지 못하고 계속 '일어난다'. 이 누울 수 없는 자들은 그들의 죽음을 자신의 것으로 받아들인 살아남은 자들이기도 하다. 유가족들의 눈에는 살기 위해 처절하게 구조를 외치면서 몸부림쳤던 희생자들의 "손톱"이 박혀 있기 때문이다. (「손톱」) "눕혀도 눕혀도 일어나는 그대들"을 자신 안에 품어내면서 새롭게 각인시키고 인간성의 가치를 짓밟는 자본의 세계로부터 지켜내겠다는 다짐은 "눕히며 품으며 입맞추며"라는 구문 속에 절절하게 담겨 있다. 이 시의 언어들이 문동만의 다른 시들과 달리 거칠고 날카로운 것은, 그것이 "누구도 깨주지 않았던 유리창 위에" 그리고 "아수라의 객실 바닥에" 쓰인 것이기 때문이다. 그것은 절체절명의 순간의 현장성을 최대한 실물과 가깝게 그려내고 그것을 지켜보고만 있어야 하는 물 바깥의 우리의 무력감과 분노를 표출하기 위해 어쩔 수 없는 선택이었을 것이다.

이 시와 함께 2부에 실린 시들에서 문동만은 국가의 폭력과 자본의 논리에 희생당한 사람들의 이야기를 담고 있다. 「젖은 얼굴」에서는 "분수도 숨을 멎고/ 물방울도 칼날로 맺"히는 차가운 광장에서 고착된 저항 속에서 퍼져가는 무력함과 무뎌진 분노에 대해 생각하고, 「사월이 오월에게」에서는 국가의 폭압에 의해 희생된 사람들의 역사와 "사라지지 않는 불멸의 슬픔"을 되새긴다. 부조리한 상황을 무매개적으로 담담하게 토로하던 시들과 달리 「독을 놓다」, 「먼저 죽은 X명처럼」, 「24시간」, 「新창세기 대한문 편」 등은 알레고리를 통해 아이러니를 극대화한다. 「독을 놀다」는 지배와 피지배, 행복과 불행이 확고하게 나누어진, 더는 웃음이 불가능한 현실을 비꼬고 있으며, 「먼저 죽은 X명처럼」에서는 자신과 같은 안타까운 희생이 계속되리라는 생각 때문에 죽어서도 홀가분한 웃음을 웃지 못하는 삼성반도체 노동자 '박지연'의 삶을 탁하고 답답한 검은 유머black humor로써 보여준다. 「新창세기 대한문 편」은 브레히트의 정치시를 떠올리게 하는데, 이 시에서 문동만은 억압과 착취로 가득한 세계에서 생활을 지탱하기에 급급한 개인들과 '지옥'을 '천국'이라고 호도하는 "그들만 좋"은 '그들에게만 좋은' 세상을 대별하여 보여준다. 온당한 현실 인식과 비판마저도 용인하지 못하는 지극히 폐쇄적이고 불공평한 세계에서 깨어 있는 시민의 목소리를 뽑아내고 그 자리에 인공적인 아름다움인 '꽃을 심는 행위'의 무자비함과 어리석음을 통렬하게 되묻고 있다. 오직 한 사람에게만 보기 좋도록 모든 것을 암흑으로 만드는, 그리하여 표층과 심층의 틈이 어느 때보다 커진 그 시절을 얼마나 우리는 힘겹게 버텨온 것일까. 문동만 시의 본령은 '서정'에 있겠지만 이전의 시에서 보이지 않던 이러한 형식 실험은 그의 시의 또 다른 가능성으로 자리매김할 것으로 생각된다.

문동만은 "발 없는 말"이 아니라 발처럼 힘겹게 디디는 언

어로 말하며 "가장 느린 발"로 대상에 다가가려 한다. 몸의
감각 기관에 내장한 통점들이 더 섬세해지고 더 심원해지고
있기 때문이다. 그것은 그의 곁에서 쓰러지고 사라지는 사
람들을 붙잡으려는 필사의 노력으로 피어난다. 그의 누이의
죽음을 다룬 시를 읽는다.

시간이 되돌려진다면 용산역 전자상가 뒤편 경사진 횡단보
도로 갈 것이다
거기서 길을 건너려는 낯익은 여자의 손을 잡고 길을 건너지
말자고 할 것이다
마트에서 방금 산 방울토마토와 감색 티셔츠와 캔커피와 생
수병이 든
검은 봉지를 내려놓고 딱 일 초만 늦게 건너거나 빨리 건너
자고 할 것이다
아예 건너지 말고 예전에 함께 먹던 손짜장이나 곱빼기로 먹
자고 할 것이다
술도 배워보라고 남자도 많이 사귀어보라고 할 것이다
집세가 어려우면 비좁은 집일망정 우리 집에 살자고 할 것
이다
너는 웃으며 내 말에 다 끄덕이면서도 환장하게도 웃으며
끄덕이면서도
그냥 내 손을 뿌리치며 길을 건널 것이다

건너지 마라 건너지 마라 목이 메었으나 터지지 않았을 것
이다

내달려오는 바퀴를 막아섰으나 흉몽처럼 몸이 움직이지 않
았을 것이다

너는 막아서는 내 몸을 뚫고 퍽 쓰러졌을 것이다

고요하고 느긋한 사람들이 분별없는 속도에 먼저 치였을 것
이다

천사도 악귀도 옆에 있지 않았다 나는 모든 신들을 불렀으나

영문도 모르는 귀 어둔 어머니가 막차를 타고 오고 있었을
것이다

─「건너지 마라」 전문

이 시는 "시간이 되돌려진다면"이라는 가정을 통해 자신
이 막을 수 없었던 누이동생의 죽음의 장면을 세밀하게 복기
한다. 사건의 현장으로 돌아간 시적 화자는 그녀가 죽음 앞
으로 한 걸음 다가서는 찰나를 막기 위해 필사적으로 노력
한다. 그녀는 그의 간절한 바람과는 달리 죽음을 향해 나아
간다. 온전히 한생을 누리지 못한 불의의 사고는 시적 화자
에게 그녀가 누리지 못했던/않았던 삶의 목록들을 불러낸
다. 여기에는 그녀의 삶을 돌보지 못했다는 죄책감이 뼈저리
게 담겨 있다. 그러나 그녀는 그의 후회와 안쓰러움과 자책
을 다 이해하면서도, "환장하게도 웃으며 끄덕이면서도" 길

을 건넌다. 그녀가 길을 건너는 것은 이 세계로부터의 완전한 결별인 죽음을 뜻한다. 여기까지 도달한 시는 행말 어미의 차원에서 '−할 것이다'에서 '−했을 것이다'로 바뀌면서 전환된다. 언술의 속도가 빨라지며 상황은 더 급박해진다. "건너지 마라 건너지 마라 목이 메었으나 터지지 않았을 것이다". 죽음을 막을 수 있는 마지막 외침은 자신 안에 갇혀 터지지 않는다. 누구보다 시적 화자 스스로 이 상황을 되돌릴 수 없음을 이미 알고 있기 때문이다. 끔찍한 "흉몽"처럼 몸은 움직이지 않고 그녀는 사고를 당하고 만다. "분별없는 속도"를 가진 불행은 어떤 필연성도 없이 "고요하고 느긋한 사람들"을 덮친다. 이 시가 일종의 전미래 시제인 '−할(했을) 것이다'라는 문장으로 과거를 되돌리려는 필사의 노력과 안타까움을 담고 있었던 것과 달리 유일한 단언적 문장인 "천사도 악귀도 옆에 있지 않았다"는 죽음의 우연성과 부정성을 강하게 드러낸다. 가닿을 수도 없고, 언어로 재현될 수도 없는 죽음은 절대적 이타성을 가지고 있다. 레비나스 Emmnuel Levinas는 죽음을 "떠남이며 사망이고 부정성"[3] 이라고 보았다. 이 부정성이 도착하는 곳에 우리의 인식은 도달할 수 없다. "모든 신들"에 대한 호소와 원망과는 아랑곳없

---

3) 에마뉘엘 레비나스, 『신, 죽음 그리고 시간』, 김도형·문성원·손영창 옮김(그린비, 2013), 27쪽.

이 그녀의 죽음은 기정사실이 된다. "영문도 모르는 귀 어둔 어머니가 막차를 타고 오고 있었을 것이다". 누이의 갑작스러운 죽음이라는 해석이 불가능한 거대한 슬픔의 벽 앞에 서 있는 화자의 건조한 문체는 타인의 죽음을 마주할 수밖에 없는 살아남은 사람의 막막함을 정확하게 전달하고 그를 포함한 우리를 "총량이 없는 저수조"(「빈방」)와 같은 슬픔의 심연 속으로 들어가게 한다.

　문동만 시의 진정성은 '순한 흔들림'(「담벼락」)에 있다. 자신에 대한 내적 성찰과 그것을 통해 공적 지평으로 나아가려는 주체적 결단 사이의 불연속성과 모순을 예민하게 감지하고 있기에 그는 그 사이에서 갈등할 수밖에 없다. 그는 그러한 갈등의 현장을 객관적인 시선으로 바라보고 그것을 감성의 깊이와 폭으로 넘어서려고 한다. 세계의 아름다움과 인간의 고귀한 삶을 체감하면서도 그 아름다움과 신성함이 가져오는 인식의 맹목을 거부하는 현실적인 전망을 잃지 않는다. 주관과 객관의 모순과 단절을 드러내지 않는 현실 묘사는 '억지 화해' 또는 '강요된 화해'에 지나지 않기 때문이다. 그는 한자리에 머물지 않으려는 폭넓은 시야와 열린 몸짓으로 그것을 넘어서고자 한다. 그의 시는 고정된 주관이 아니라 '움직이는 주관'을 통해 인간의 소외와 사회적 모순을 객관적으로 넘어서고 있으며, 결정된 변증법이 도달하는 유토피아에 안주하는 것이 아니라 비변증법적 사유를 통해 현실의 폐허를 직시하는 현실성을 놓치지 않는다.

아이들은 던진다
돌도 공도 아닌 나뭇잎을
욕도 악다구니도 아닌 나뭇잎을

나는 싸움 구경을 하느라 집에 가지도 못하고
건너편 은행나무에 기대어 물끄러미
바스락거리는 잎과 속닥거리는 입 사이에
누워본다

사는 내내 노란 비명만 터지면 좋겠군
맞을수록 웃음만 나오는 싸움이라면
아무도 아프지 않은 나뭇잎 싸움이나 하고 살면
구르는 잠이나 실컷 자고 살았으면

또 노랗게 달뜬 것들 속에서
누렇게 아픈 것들도 찾아본다

부스럭거리는 기침과
등창이 생긴 등허리를

확 뒤집어줄 바람이 어디서 오는지

그것과 그것이 함께 뒤집어진다
참외배꼽을 가진 아이들도 나도 함께
뒤집어진다
순간 중력도 없이

아무것도 떨어지지 않는다

—「구르는 잠」 전문

    아이들은 서로에게 나뭇잎을 던지며 '싸운다'. 이 싸움은 누구도 해치지 않고 "아무도 아프지 않은" '평화로운 싸움'이며 내밀한 생명의 대화이다. '나'는 그것을 보면서 "바스락거리는 잎과 속닥거리는 입 사이에/ 누워본다". 나뭇잎은 삶의 활기를 잃고 바닥에 떨어지지만 죽음으로 고정되지 않는다. "구르는 잠"은 몸의 부단한 움직임과 마음의 평온이 어우러진 어떤 상태를 가리킨다. 그것은 "노랗게 달뜬 것들"과 "누렇게 아픈 것들"을 한자리에 놓는 것이고, 고정된 수평이 아닌 움직이는 수평이며, 수직으로 뻗어나감이 아닌 수평으로 펼쳐짐이다. "순간 중력도 없이// 아무것도 떨어지지 않는다". 역전이 불가능한 시간과 벗어날 수 없는 질서에서 아주 잠시 동안 이탈하는 순간의 아름다움. 이 '떨어지지 않음'은 생명이 다한 것의 수직적 낙하가 멈춰진 상태를 말하면서 동시에 그것들과 최대한 밀착하여 한 몸이 되는 것이다. 그것은 생명의 구체적인 힘을 예민하게 감지하는 능력(피뢰침)과 세계의 고통을 자신의 고통과 연결시키는 개방성(통점)이 있기에 가능한 것이다. 이 둘 사이에 그가 오래 흔들리고 구르기를 바라마지않는다.

구르는 잠

초판 1쇄 발행 • 2018년 6월 7일

지은이 • 문동만
펴낸이 • 황규관

펴낸곳 • 반걸음
출판등록 • 2018년 3월 6일 제2018-000063호
주소 • 04149 서울시 마포구 대흥로 84-6, 302호
전화 • 02-848-3097
팩스 • 02-848-3094

디자인 • 정하연
인쇄 • 스크린그래픽

ⓒ 문동만, 2018
ISBN 979-11-963969-0-9 03810

＊이 책은 2012년 아르코문학창작기금 수혜작을 펴낸 시집입니다.
＊이 책 내용의 전부 또는 일부를 재사용하려면
  반드시 지은이와 반걸음 양측의 동의를 받아야 합니다.
＊책값은 뒤표지에 표시되어 있습니다.
＊반걸음은 삶창의 문학 전문 브랜드입니다.